—————— 阅读之前 没有真相

午夜文库

贪婪之羊

[日]美轮和音 著
罗亚星 译

新 星 出 版 社　NEW STAR PRESS

目 录

- 1 | 贪婪之羊
- 47 | 悖德之羊
- 101 | 无眠夜之羊
- 143 | 斯德哥尔摩之羊
- 199 | 献祭之羊

贪婪之羊

啊，太好了！您终于醒了。您有没有不舒服，有没有哪里痛呢？

莫非，昨晚的事情您都不记得了？从警察那儿回来不久，您就醉倒了呀。是的，您说想喝点儿够劲儿的，我就端来了波本威士忌。您一口气喝完，紧接着就瘫倒了……

您一定是在警察局被问这问那，身心俱疲了吧。那也情有可原。

说不定这间宅子真的像左邻右舍说的那样，有什么不干净的东西吧。一对同胞姐妹，竟然分别成了一桩杀人案的凶手与被害者……

仿佛大朵玫瑰一般明艳动人、性格泼辣的麻耶子小姐，还有如樱花一般娇弱可人却又薄命、温柔善良的沙耶子小姐。

倘若让认识她们二位的人来猜测，这起案子里是谁杀了谁，我估计所有人都会想当然地认为是麻耶子小姐杀害了沙耶子小姐吧。

可实际上，在自己六角形房间的地板上面孔扭曲的、保持着护住隆起腹部的姿态断了气的，是麻耶子小姐；因为有杀害姐姐的嫌疑而被警察带走的，则是沙耶子小姐。

虽然麻耶子小姐问题很多，就算怀有身孕也没改掉睡前小酌一杯的习惯，但是看来死到临头的时候，她还是觉醒了母性本能，想要保护肚子里的孩子啊。

在麻耶子小姐房间里的醒酒器内检出了农药百草枯的成分。我听说，为了防止被人误饮，这种农药中特意添加了带有强烈异味的成分呢。要是小姐闻到红酒里有异味，那是肯定不会喝下去的……是啊，恰巧麻耶子小姐小时候得过鼻窦炎，难以分辨气味。

不胜惋惜的是，我听说在醒酒器上发现了沙耶子小姐的指纹，又在她的房间里找到了装有百草枯的瓶子。事到如今，我还是无法相信，天使一般悲天悯人的沙耶子小姐，竟然会动手杀人。

您在警察局见到沙耶子小姐了吗？果然还是不允许会面啊。她现在肯定忐忑不安吧，如果可能的话，真希望代她受苦的人是我。

沙耶子小姐有没有承认罪行呢？真正的凶手一定另有其人。

因为，在麻耶子小姐的醒酒器里掺入农药的，并不一定是沙耶子小姐。只要是那天晚上在宅子里的人，谁都能办到，包括我自己、女佣志津，还有很晚才到家的恭司先生……就在几天前，志津还亲眼看见麻耶子小姐和恭司先生夫妻大吵了一架呢……

这话恐怕有点儿不合时宜，可就凭麻耶子小姐对沙耶子小姐做的那些缺德事儿，她就算是被杀也死有余辜。我从小和她们两人一起长大，那些事情都看在眼里。即便如此，沙耶子小姐也总说"姐姐她抱恙在身"，为麻耶子小姐开脱。沙耶子小姐真是慈悲为怀，宽容大度。

关于她们两人的往事，您都听说过吗？怎么说呢，那可就说来话长了，而且也不是什么令人开心的事情，会不会反倒惹您烦忧呢？

哎呀，您可千万别勉强自己。您坐起来都还有些费劲吧？脸色也不大好呢。您还是暂且以休息为主吧。这里既黑暗又幽静，您就安心地躺着吧，我家老爷也曾在这里静养呢。您要是觉得冷,我再给您加条毯子……不必了吗?

好,我明白了。既然您这么想听,我就一五一十地告诉您吧。

不,这不是什么需要正襟危坐倾听的事情,您就舒舒服服地躺着……是啊,说不定讲着讲着,还能从中发现证明沙耶子小姐无罪的线索呢。

我至今仍清清楚楚地记得第一次见到麻耶子小姐的那一天,宛如昨日。那时我十岁,所以距今已经二十年了……都过去那么久了啊。

我母亲在这户姓"真行寺"的家里当女佣。她猝然离世之后,老爷看我孤苦无依,便答应将我收留在家里。

刚被带到这座宅子时,我手足无措,连话都说不出来。我从小生活在逼仄的空间里,刚到宅子就被其宽敞和豪华程度震惊了,感觉像被独自抛进了另一个世界,连老爷对我说话都充耳不闻。就在那时,我突然听见一个女孩歇斯底里的喊叫声,响彻屋宇。

"讨厌的东西就是讨厌!"

我一开始以为是自己遭了训斥,吓到全身一震。

只听一阵粗野的脚步声猛冲下楼梯,紧接着,书房的门轰然打开。站在门口的,便是比我还小两岁的麻耶子小姐了。

麻耶子小姐那对乌黑大眼里怒气勃发,披肩黑发也凌乱不堪,穿着白色小裙子的全身都好像迸发着烦躁的情绪——即便如此,她依然保持着令人炫目的美貌。

十岁的我不禁想:没错,是公主登场了。

啊,原来这里是城堡啊,所以才有公主嘛。麻耶子小姐的形象实在太高贵、太神圣了,正和我印象中从绘本上看来的公主吻合，所以我才会这么想。

麻耶子小姐完全没把我放在眼里，只是死死地盯着老爷，斩钉截铁地说："我死也不要穿这么难看的衣服出门！"麻耶子身上那条裙子的胸口饰有一朵小小的蓝色蝴蝶结，设计剪裁端庄典雅，和她的美貌十分相衬，我完全搞不懂她到底有什么地方不满意。老爷被麻耶子小姐的汹汹气势压倒，都没有怪罪她不敲门就闯进来，只是用和缓的语气安慰着。

"这条裙子和麻耶子很般配啊，你到底不喜欢它哪里？"

"全都不喜欢！"麻耶子说完，脸上浮现出一种与其八岁年龄不相称的妖冶表情，接着用不容置疑的口吻说道，"我要穿沙耶子的那条裙子！"

老爷深深叹了口气，打圆场似的把我介绍给了麻耶子。他说，从今往后就要在一个屋檐下生活了，所以要好好相处。

在麻耶子小姐又大又黑的瞳仁注视下，我觉得自己好像变成了一只渺小的蝼蚁。那时我身上穿着一件起满毛球的红毛衣，搭配妈妈的褐色长裤——尺寸理所当然地不合身，看起来还有些脏兮兮的。麻耶子小姐连那么漂亮的裙子都看不上眼，我在她眼里的形象可想而知。想到这里，我真恨不得原地消失。就在这时，麻耶子小姐冲着头快低到地上的我说话了："这条裙子就送给你好了，我觉得你倒是很适合它。"

闻听此言，我惊讶地抬起头。心中虽然惶惑，但我确实因这句话雀跃不已。竟然有这么美丽的小姐，送给我一条这么漂亮的裙子，这可是天大的美事啊。我身材瘦削，个子比年幼的麻耶子还矮一些，应该穿得上那条裙子。麻耶子小姐好像从我的眼神中看穿了一切，竟当场把裙子脱下，朝我扔了过来。可是裙子没落到我坐着的沙发上，却碰翻了老爷喝了一半的咖啡，然后掉在了波斯地毯上……我茫然地看着这一切，那条纯白的裙子胸口位置，一片黑色的污渍慢慢洇开。

麻耶子小姐只是付之一笑："哎呀，不好意思。"事到如今，我才明白过来。

她是故意那样做的。您问为什么？她不是明摆着要让我难堪吗？

这一阵骚动惊动了老夫人和夫人。老夫人是夫人的母亲，作为这片土地的支配者，她在这座宅邸里拥有至高无上的地位。老夫人一看见我，就流露出一副毫不掩饰的厌恶神情，而夫人注视我的目光，也好像看见了什么脏东西似的。尽管当时我还是个小孩子，也还是能感觉到自己岂止是不受欢迎，简直可以说被唯恐避之不及，觉得受伤极了。

可是，沙耶子小姐——藏在夫人身后，小心翼翼地探出脑袋窥察着一切的沙耶子小姐——只有她与我对视时，露出了一丝会心的微笑，略带羞涩，轻轻点了点头。

当我看到沙耶子小姐那白得近乎透明、略带病态的皮肤和美丽的亚麻色长发时，不禁觉得她简直是降临凡间的天使。和美丽张扬的麻耶子小姐相比，她的面容……怎么形容才好呢？应该说是那种沉静内敛之美吧，让人不禁心生怜爱，想要守护她。姐妹俩的年纪相差仅一岁，但可能因为沙耶子小姐纤细柔弱的缘故，她看起来比成熟的麻耶子小姐年纪小得多，更加惹人爱怜。

我正看着沙耶子小姐出神，忽然感觉有人盯着我。我抬头一看，身上仅着内衣的麻耶子小姐正恶狠狠地瞪着我和沙耶子小姐。然后，她指着沙耶子小姐，喊道："我要穿这件衣服！不是这一件就绝对不行！"

那时我真的被吓到了。因为沙耶子小姐穿着的那条白色裙子，和麻耶子小姐刚刚脱下来扔掉的那条一模一样。

但仔细一看，两条裙子有一处细微的差别。沙耶子小姐身上的裙子，胸口装饰的蝴蝶结不是蓝色的，而是粉色的。

结果，那天麻耶子小姐如愿以偿，穿上那条裙子出门去了。而本该一同出门的沙耶子小姐却因为这么一闹，发热卧床不起。沙耶子小姐患有哮喘病，身子弱得很。

不知为何，麻耶子小姐对娇弱的沙耶子小姐怀有极强的嫉妒心。

假如沙耶子小姐获得了什么自己没有的东西，麻耶子小姐断然不会容忍，立刻就要抢过来。我记不清具体时间了，有一次，老爷从欧洲旅行回来，给麻耶子小姐带的伴手礼是一枚漂亮的孔雀绿胸针，给沙耶子小姐的则是一个蓝眼睛的洋娃娃。沙耶子小姐可喜欢这个与自己形貌相似的娃娃了，给它起名叫莎娅，宝贝得不得了。可没过几天，那个娃娃就成了麻耶子小姐的东西。我非常吃惊，问沙耶子小姐这是为什么。

这时，麻耶子小姐在一旁说："是沙耶子送给我的啊。没错吧，沙耶子？"

沙耶子小姐沉默不语，一脸沮丧。

但其实，麻耶子小姐绝非真心想要那个娃娃。

她不是想占为己有，仅仅是想把它从沙耶子小姐手上夺过来罢了。

这心思非常明显，因为那个很像沙耶子小姐的娃娃，很快就被麻耶子小姐丢弃了。一对蓝眼珠被抠了出来，四肢被切断，其惨状令人不忍直视。

事后沙耶子小姐找老爷哭诉，老爷责问麻耶子小姐为何要破坏娃娃，她却面不改色、若无其事地答道："我可没做那么野蛮的事情。"

夺走娃娃的人是麻耶子小姐。若不是她，谁又会做出这样的事情呢？可是，既然麻耶子小姐如此坚决否认，好脾气的老爷也就无法深究了。

我想安慰安慰沙耶子小姐，于当晚造访了她的房间。

沙耶子小姐非常高兴，我们在壁炉前聊得很开心。

沙耶子小姐特别爱读书，有好多带有精致的高级装饰的昂贵绘本。她将其中最为珍爱的那一册取了出来，说只给我一个人看。

那册绘本名叫《贪婪的狼与温柔的羊》。

充满欲望的狼谎称自己肚子饿得快死了，欺骗了好朋友羊，将其家里的食物吃得一干二净。这还不够，它又吃掉了羊家里的盘子、锅、桌子乃至房门。等到没有东西可吃了，狼终于吃掉了好朋友羊。终于满足的狼想邀约羊一起去散个步，却发现羊不见了。这是当然的，羊被它自己吃掉了嘛。孤零零的狼难以忘怀好心肠的羊，还想被羊温柔相待，于是将自己的肚子剖开……就是这么一个带点儿恐怖色彩的故事。不过这本书里的画都很精致，尤其是可爱的小羊身上的纯白羊毛，又软又蓬，如同棉花糖一般，狼当然会垂涎欲滴。我记得小时候曾经想用脸颊蹭蹭那看起来又软又暖和的羊毛，结果被书页上光滑冰冷的羊吓到哭了出来。

对啊，我小时候也读过这册绘本，是爸爸送给我的。这个小小的巧合也让沙耶子小姐惊喜不已。据说，这绘本在日本还挺难买到的呢。

其实，将绘本送给我的是妈妈，我也不知道那到底是不是爸爸为我准备的。我身边只有妈妈……

正在我们两人翻看绘本时,房门突然打开,麻耶子小姐闯了进来。紧接着,沙耶子小姐手中的绘本就被夺走了。

麻耶子小姐粗暴地翻着书页。我恳求道:"这是沙耶子小姐最爱惜的书,请你快点儿还给她。"麻耶子小姐嘴角浮上一丝成熟的微笑,说:"给你出道题,猜对了,我就还给你。"她将翻开的书本递到我的眼前。

书的左页画着正在吞食盘子的狼,右页则是递出锅子的羊。

"你觉得沙耶子是哪一个?是羊,还是狼?"

我毫不犹豫地回答:"是羊。"

不管怎么想,沙耶子小姐都不会是狼,而是温柔的羊。

"真可惜,正确答案是——"

麻耶子小姐微笑着,唰地扯下画着狼的那一页,把书丢进了壁炉的火焰中。这一切发生在转瞬之间,我没来得及阻止。

"你可真傻。沙耶子是狼呀。你以为她是羊的话,总有一天也会被她吃掉的哦。"

说完,麻耶子小姐抓住我的手腕,强行把我拖出了房间。出门前,她将那张画着狼的书页揉成一团,砸在了正凝望着壁炉泪如雨下的沙耶子小姐脸上。

从那以后,我就必须一直待在麻耶子小姐的身边,被她那双美丽的眼睛凝视,服从她的命令,没有拒绝的余地。一开始,我以为是获得了她的赏识,但事实并非如此。我仅仅被当作用人而已。

麻耶子小姐只不过是不喜欢我和沙耶子小姐关系太亲密,便将我从沙耶子小姐那里夺走罢了。

即便如此，我还是会趁麻耶子小姐不注意，偷偷去沙耶子小姐的房间。沙耶子小姐为了排解寂寞，沉迷于做手工。她心灵手巧，编织和刺绣都做得极其精巧，难以相信出自孩童之手。

沙耶子小姐使用的针线盒也是她亲手制作的，掀开蒙着碎花布的小篮子，一片小花圃便映入眼帘。剪刀和顶针等缝纫工具上都点缀着花儿，嫩绿色的针垫上排布着带有立体花朵的彩色珠针，看起来如同百花盛放的小山丘。与其说那是个缝纫工具，其实也应该算作沙耶子小姐的得意作品之一。

沙耶子小姐正在做的，是一个和那册绘本上的羊一模一样的蓬松可爱的毛绒玩具。我心心念念期待着它的完成，但几天后再次造访时，沙耶子小姐还没有做完。我问沙耶子小姐，她说，那个宝贝的针线盒不见了。肯定是被麻耶子小姐不声不响地拿走了。

"沙耶子小姐，你为什么不把它拿回来呢？"

"因为……姐姐说不定正在用呢。"

可实际上，麻耶子小姐根本不可能使用缝纫工具。和沙耶子小姐正相反，麻耶子小姐笨手笨脚，极其厌恶繁复细致的手工活儿。就在几天前，她连穿针引线都做不好，大发了一通脾气，然后把所有家庭课作业一股脑儿丢给了我。

那天晚上，我向麻耶子小姐恳求："如果沙耶子小姐的针线盒在您这儿，请还给她吧！"

"我怎么可能会有那种东西！"

我被麻耶子小姐猛地推了一把，差点儿从楼梯上滚下来。

尽管如此，我还是没有放弃，趁麻耶子小姐不在的时候，在她房间里偷偷地翻找了一番。

以麻耶子小姐的性子，她只要把东西从沙耶子小姐那里抢走，心里就舒服了，对抢来的东西一向满不在乎地弃之不顾，所以我本以为很快就能找到沙耶子小姐的针线盒……然而我翻遍了房间也没能找到。

可是，或许是我的祈求成真了，几天后，针线盒以一种意外的方式回到了沙耶子小姐身边。

那天，只有麻耶子小姐和沙耶子小姐两位在宅邸里，我给她们送去了夫人亲手做的泡芙。沙耶子小姐正吃得津津有味，突然大声呼痛，哭了起来。我一看，她嘴唇出血了！沙耶子小姐拿着的泡芙里竟然藏了一根针，简直太吓人了。那是一根带有立体花朵的彩色珠针，是沙耶子小姐被抢走的针线盒里的珠针。

我条件反射地看了一眼麻耶子小姐的脸。她正目不转睛地端详着沙耶子小姐，注意到我的视线，吓了一跳，摇摇头，说："不是我哦。"

真是了不起的演技啊。麻耶子小姐恶人先告状，反而说送来泡芙的人最可疑，把责任推到了我身上。的确，把泡芙盛放在沙耶子小姐钟爱的小花纹样碟子里的人是我，但我把它放在台面上之后，先把茶壶和茶杯端到了客厅，所以麻耶子小姐也可以轻而易举地在避人耳目的情况下把针放进去。

大概因为我无法相信麻耶子小姐，眼神中带着怀疑吧。麻耶子小姐凝视着我，突然泪水漫溢，大颗的泪珠扑簌簌掉了下来。

"为什么要怀疑我？为什么不相信我？"

我被那泪水感动了。那时的麻耶子小姐看起来真的非常悲伤，非常可怜，我一下子就心软了。

麻耶子小姐哭诉道："这都是沙耶子干的。这肯定是沙耶子自导自演的呀。"

我不禁一惊，追问了一句："为什么这么说？"

"沙耶子是一头披着羊皮的狼。她想夺走我的一切。"

说着,麻耶子小姐放声痛哭起来。我慌了,急忙轻轻抚着她的背。

麻耶子小姐用泪汪汪的大眼睛望着我,说:"至少你会相信我的吧?"

我条件反射般地点了点头,自己都吓了一跳。那位天使般的沙耶子小姐,怎么可能会做出那种事呢?尽管脑子清楚,但是我的心还是被麻耶子小姐给俘获了。毕竟被那双眼睛盯着,根本不可能摇头拒绝。

我之前一直困惑,为什么老爷和夫人对麻耶子小姐如此溺爱,这时才终于知道了原因。麻耶子小姐的眼泪有一种让人无法抗拒的神奇力量。

我觉得,麻耶子小姐一定也很寂寞。夫人和老夫人似乎都围着体弱多病的沙耶子小姐转悠,不太能照顾得上麻耶子小姐。

但再怎么说,伤害别人也是不应该的。沙耶子小姐被这件事吓坏了,之后好一阵子吃东西都胆战心惊的。

麻耶子小姐看起来对妹妹内心的痛苦没有丝毫感知,之后她对沙耶子小姐做的事情变本加厉,超越了恶作剧和骚扰的范畴。

十二岁时,沙耶子小姐的哮喘症状稍有好转,第一次实现了养宠物的愿望。

一只蓝色的虎皮鹦鹉被送到沙耶子小姐的房间,她高兴地跳了起来。这只小鸟被命名为啾啾,和沙耶子小姐很是亲近。或许是因为沙耶子小姐经常跟它讲话,没过多久,它就能说出单词了。"啾啾,沙耶子,喜欢。"

小鸟的羽毛并没有加重沙耶子小姐的哮喘,相反,多亏了啾啾，沙耶子小姐明显日益开朗，越来越有精神了。麻耶子小姐看到沙耶子小姐与啾啾愉快交谈，艳羡不已，于是也向老爷央求说想要养宠物——尽管她对动物毫无兴趣。

对于沙耶子小姐来说，啾啾正是一只带来幸福的青鸟[①]。

可是，这样幸福的日子没有持续多久。

有一天，我和刚放学的沙耶子小姐一起回到家，发现沙耶子小姐房间的门敞开了一条缝。她感到奇怪，进入房间，发现鸟笼翻倒，周围散落着蓝色的羽毛。沙耶子小姐急疯了，喊着啾啾的名字四处寻找。最终，我在房间的一角发现了小鸟凄惨的尸体。

啾啾横卧在地，脊背向上，可脸也朝上。不知头部是不是被拧断了，弯成一个不自然的角度，美丽的蓝色羽毛都被流出来的血弄脏了。

凶手显而易见，一定是猫，是那只麻耶子小姐缠着老爷要来的波斯猫。沙耶子小姐说，她离开房间时肯定把门关上了，所以必然是有人开了门，把猫放了进去——毕竟猫不会自己开门。

沙耶子小姐一边哭一边追问，但因为感冒没去上学的麻耶子小姐一脸淡定地回答道："猫一整天都和我一起待在房间里。"而且，她还反将了沙耶子小姐一军，说："如果你有证据证明是猫干的，就拿出来让我看看。"我们检查了猫，也不知是不是自己舔干净了，它身上并没有沾上啾啾的血或羽毛。为了寻找证据，我仔细擦拭了沙耶子小姐房间的地板，想找到猫毛，但只有啾啾的羽毛，一根猫毛也没找到。

麻耶子小姐从沙耶子小姐手中夺走的东西，从物品变成了生

[①]《青鸟》是一部六幕梦幻剧，由比利时戏剧家莫里斯·梅特林克创作。该剧描写了樵夫的孩子蒂蒂尔和米蒂尔在圣诞节前夜受仙女之托，为生病的女孩寻找带来幸福的青鸟的故事。

命，但她丝毫没有受到良心上的苛责，仍泰然处之。麻耶子小姐的残酷，在那时没来由地让我感到无比害怕。

初中毕业后，我立刻走上了学习护理的道路。

因为我想帮助沙耶子小姐，以及同样体弱多病的老爷。

在医护学校听精神科的医生讲课时，我才第一次意识到，麻耶子小姐可能是生病了。

精神科的医生解释说，有些心理疾病的患者具有异常人格，会伤害他人乃至犯罪，却毫无负罪感。

他们通常非常以自我为中心，易怒，完全不会感到良心不安，所以才能为所欲为，一次次做出残忍之事。他们会撒谎，操纵别人，等到事情败露就会流泪博取同情，被逼到绝境时反而迁怒他人。这些特征不是和麻耶子小姐完全一致吗？尤其是"没有良知"这四个字，非常精准地概括了我在麻耶子小姐身上感到的特质。假如她真的缺乏良知，那么很多之前我不能理解的怪异行为，以及旁若无人的奇怪举动，所有这一切都能得到合理的解释了。

据说，如果良知的缺失与巨大的贪婪叠加在一起，就会产生剥夺他人珍视之物的倾向，于是我觉得麻耶子小姐患有精神病这一点，更是毋庸置疑的事实了。

这种类型的人，看到别人享有自己没有的好处，便会产生嫉妒和不公平感。他们会暗中尝试毁灭对方，来重新平衡双方的立场。

我向讲台上的医生提问：这个病应该如何治疗？答案很残酷。在当时，精神疾病被认为是无法矫正的，所以为了保护自己免受他们的伤害，只能逃得越远越好。我沮丧极了。体弱多病的沙耶子小姐要怎么才能从姐姐麻耶子小姐那里逃脱呢？

在那之后，我自己也查阅书籍来学习，但是没有任何一本书或任何一篇文章记载了治疗方法。

既然找不到解决方法，我便犹豫该不该把这件事告诉沙耶子小姐。就在那时，沙耶子小姐邀我一起出门。

那是一个寒冷的冬夜，下着冰冷的雨，似乎就快飘雪了。

沙耶子小姐步子很快，也许是有些着急吧。她走着走着，发现腿脚不灵便的我落后了，急忙赶回来架着我一起往前走。原来，沙耶子小姐忧心如焚，挂念着一只被人丢弃的小黑狗。她不敢将它带回家，便把它藏在了一间神社的檐廊下面①。这时小狗正在箱子里浑身发抖。它一看到沙耶子小姐，便吭哧叫了一声，摇摇尾巴，把给它的面包全吃了。如果把它带回家，真不知道麻耶子小姐会做出什么事。可就这么把它留在这里，小狗又会在寒风中遭受冻馁。沙耶子小姐脱下开衫，盖在小狗身上，露出悲伤的笑容。我想为沙耶子小姐分忧，绞尽脑汁，想到了一个藏小狗的好地方。

那就是老夫人屋后的储物间。几天前，老夫人吩咐我打扫过那里。虽说是储物间，但面积也有六张榻榻米大小，古董等重要物件都已经被收拾到仓库里去了，储物间里只留有少量在农田里使用的农具，还有老爷周末做爱好的木工活儿时使用的工具。

我们带着小狗去了储物间，沙耶子小姐看那里很宽敞，很是满意，非常开心地说："在这里就不会受冻了呀。"我在纸箱里铺了条旧毛毯，那只长得有点儿像柴犬的杂种狗也开心地舔了舔我的手。

---

① 日本的神社建筑多半高出地表半层，地面和地板间的空间被称为"缘の下"，有通风、防腐的作用。

我想，把小狗藏在这个地方，就不用担心被麻耶子小姐发现了。因为麻耶子小姐嫌恶严厉的老夫人，从不靠近这栋偏房。虽然假如小狗叫起来，可能会被老夫人发觉，但她如此溺爱沙耶子小姐，应该会宽容的。

那条小黑狗被取名为克萝伊。沙耶子小姐和我把储物间打扫得干干净净，铺上淡绿色的垫子，摆上沙耶子小姐做的羊布偶：一只和靠垫差不多大小的大羊，还有五只小羊。沙耶子小姐放弃了那个总也不回来的花圃针线盒，这些是她用一套新的缝纫工具做的。克萝伊很喜欢这些暖洋洋、毛茸茸的布偶，它和羊一起睡觉时，看起来可爱极了。

克萝伊个头不大，却很聪明，从不亲近我们俩之外的人。偷偷带它出去散步时看到不认识的人，它就会汪汪大叫，警惕性很强。这样一来，万一麻耶子小姐发现了，要加害于它，克萝伊也会大叫起来，通知我们的吧。

每次受了麻耶子小姐欺负，沙耶子小姐就会去储物间和克萝伊玩耍，以保持心灵的安稳。有一天，沙耶子小姐对克萝伊嘟囔道："姐姐是个骗人精。"我询问发生了什么事。她说有一件独一无二的珍珠头饰不见了，本以为是搞丢了，结果发现被戴在了麻耶子小姐头上，而且麻耶子小姐满脸不在乎地说是我给她的。我怎么可能把沙耶子小姐如此珍视的东西送给麻耶子小姐呢？

我再三思索，还是决定向沙耶子小姐坦白，于是对她说："麻耶子小姐可能生病了。"

沙耶子小姐听完我的说明，长叹了一口气。她说，小时候曾经听老用人谈起古老的传闻，说家里好几代以前曾有过一位小姐患有精神病。那时候，宅邸里有一间地牢，专门用于囚禁她。

"原来姐姐是生病了啊。那样的话，我不会怨恨姐姐。不是姐姐不好,是疾病不好。"

沙耶子小姐的善良打动了我,我暗下决心,不管怎么样都要守护她。

然而,意外还是发生了。

我听到沙耶子小姐的尖叫,赶紧跑到储物间,目睹了仿佛暗黑系童话般的光景。毛茸茸的玩偶羊们好像真的活过一般——不是活着,而是活过——有的羊腿被砍断,有的羊肚子被撕裂,还有的羊被抹了脖子,血流成河,纷纷倒在血泊中。强烈的腥臭味直冲鼻腔,让人作呕。尽管这些羊是毛绒玩具,但由于强烈的血腥气,我错以为自己来到了一座发生了惨剧的农场。

可为什么毛绒玩具的羊会流血?

沙耶子小姐面色苍白,凝视着一个地方,呆立不动。

我顺着她的视线望过去,发现靠墙的锄头和铁锹后面有一个标签上写着百草枯的瓶子,旁边横卧着一具黑影。

沙耶子小姐跟跟跄跄地走过去,撞倒了锄头。但是我没有听见锄头撞击地板的声音,因为那被沙耶子小姐的尖叫声掩盖了。

那里,有一只袭击了羊群的狼。

不,虽然很像,但不是狼。是狗。是我们疼爱的小狗克萝伊。羊身上浸染的是克萝伊的血。它也倒在血泊中,就像那册绘本中的狼一样,肚皮被撕开了一个大口子。

某种类似哨音的高音划破空气,我回过神来,看见沙耶子小姐露出痛苦的表情,大口大口喘息着。她的哮喘发作了。我捡起沙耶子小姐的手包翻找吸入器,可怎么都找不到本该在那里的吸入器。我把小包翻了个底朝天,把东西抖落到沾满血污的地板上,但仍然没有吸入器的影子……

陷入呼吸困难的沙耶子小姐一边痛苦地咳嗽，一边挠着胸口，很明显这次发作比平时严重得多。我站起身来，准备跑回主屋去找夫人的时候，发现血海中有什么东西闪了一下。我不知道那是什么，却被正对面的羊肚子吸引了注意力。最大的和靠垫尺寸差不多的那只羊，肚子很不自然地支棱着。而且，沙耶子小姐缝制时用的明明是白线，那只羊的肚子上却缝了一道整整齐齐的黑线。我连忙跑过去，用力扯破了羊肚子。和我想的一样，从里面滚出来的是沙耶子小姐的针线盒，沙耶子小姐的珍珠头饰和吸入器都安安静静地躺在"花圃"当中。

"真是太惊险了。"沙耶子小姐说，"要是那时你跑去主屋求援，我肯定就没救了。"那次哮喘发病，就是那么危险致命。

离开储物间时我忽然想起之前注意到的闪光，最终在一片血海中捡起了一枚晶莹耀眼的东西。那是麻耶子小姐的钻石耳环。

老爷把麻耶子小姐叫到客厅，质问她为什么要做这种事。

"什么事情啊？我完全不知情。"

不论怎么追问，麻耶子小姐都不承认是自己干的，傲慢无礼地矢口否认。但当掉在现场的耳环摆在她的面前时，她就像变了个人一样，眼泪哗的一下流了出来——那美丽的，能够魅惑人心的眼泪。

"不是我。有人陷害我。没错，是沙耶子干的。肯定是沙耶子为了陷害我而策划的！"

就在那一瞬，老爷打了麻耶子。他一定是觉得这种事情绝不能轻易原谅吧，毕竟沙耶子小姐差点儿一命呜呼。

第一次被打的麻耶子小姐用茫然无措的表情瞪着老爷。这时，沙耶子小姐轻轻地按住了老爷的手，说："不要再打了。"见状，麻耶子小姐怒气上涌，疯了似的吼了起来。

"为什么每次都是我不好？为什么没人注意到沙耶子的邪恶?！为什么没人看出这人藏在羊的假面下的黑暗本性?！"

或许是吼叫让她更加愤怒，麻耶子小姐一边咒骂沙耶子小姐，一边接连砸碎了好几件摆设在客厅的昂贵花瓶和装饰物。也许她已经无法控制自己的情绪了，就连祖上留下的传家宝坛子和老夫人珍藏的古伊万里彩绘瓷盘[①]，也都被毫不留情地砸得粉碎。

"给我住手！"

一道厉声怒喝震动了室内空气，也止住了麻耶子小姐激烈的动作。

伴随着一股浓郁的檀香香膏的气味，表情严峻的老夫人出现了。

老夫人缓缓环顾了一下现场的惨状，用平静但不容置疑的口吻说了一句话。

"麻耶子，你不属于这个家了。你走吧。"

您可能会觉得这种家风落后于时代，但在真行寺家，老夫人一言九鼎。即便是夫人——她的亲生女儿，也绝不敢忤逆老夫人。

麻耶子小姐长长地叹了一口气，瞪着老夫人，回了一句："您把我这个长女赶出门，真行寺家不就麻烦了？"

"就算你不在也没什么问题。这个家还有沙耶子。"

老夫人冷冷地说完，换了个人似的，用和善的表情朝沙耶子小姐微笑，然后带着她回到了偏房。

麻耶子小姐紧咬嘴唇，死死地盯着两人的背影。她的眼里充

[①]伊万里烧，一种日本出产于有田（佐贺县与长崎县）的彩瓷，以精美著称。

满了仇恨,像是挑衅,也像是自怨自艾。

就在次日,老夫人的遗体被发现了。
她被某个侵入偏房的人杀害了。
第一发现人是沙耶子小姐。早饭时间,老夫人没有露面,沙耶子小姐有些担心,便去偏房探视,结果看到了可怕的景象。
老夫人的遗体只剩一边的脚。她的左脚踝以下被切断,不知所踪。
老夫人从不信任银行,据说她在自己房间里的防火保险柜里囤了三千万还是五千万现金,而现在保险柜被打开了,里面空空如也。保险柜的密码只有老夫人知道,其他家人都不清楚。
老夫人的左脚似乎是在她活着的时候被切断的,因此有警察认为,凶手特意切下她的脚,以这种残忍的手段向其逼问保险柜的密码。
据说沙耶子小姐抵达的时候,偏房的大门没上锁,门和窗户的锁也都没有被破坏的痕迹。以死者谨小慎微的性格,绝不可能忘记锁门,所以很有可能让杀人犯进屋的就是老夫人本人。假如这个推论正确,这就是一桩熟人犯罪案件了。可是,听说老夫人在招待朋友时,总是使用主屋的客厅,即便是亲近的朋友,也不会让他们进偏房。而且,据说房间里只留有老爷、夫人、麻耶子小姐、沙耶子小姐,还有我和志津的指纹。
脚被切断后,老夫人可能并没有立即休克死亡,而是又活了一小时左右。凶手肯定是在这段时间内逼问出了密码。每当我想到老夫人在死前忍受了多少痛苦,全身便害怕得发起抖来。

您怎么了?欸?什么?脚尖疼吗?这不大可能呀……

啊，是不是听了我的话，您不由得想象了那种疼痛，所以您的脚也产生了疼痛的错觉……我明白的，那种毛骨悚然的感觉。是不是叫幻肢痛来着？啊，果然是这样。幻肢痛这个词，是指一个人被截肢后感觉到并不存在的手脚疼痛。那么，在那之后，发生在夫人身上的事情，就不能叫幻肢痛了。那应该叫什么呢？

目睹了老夫人凄惨的死状之后，夫人一直说自己左脚疼，从此只能跛着脚走路了。

她去医院就诊，医生说她的左脚没有任何问题，可能是精神原因导致的，过段时间就会好。可之后夫人并无康复的征兆。

恰恰相反，从那以后，夫人的言行开始变得怪怪的，有时会说"昨晚老夫人来我的房间了"之类的。她还说过，虽然没看到身影，但是嗅到了老夫人的味道。虽然确实有一种被称为"灵气"的东西，也有人声称闻到了死者常抽的香烟的味道什么的，但是……

夫人真心相信，老夫人的鬼魂来访，一定是有什么事情想向她诉说。

我觉得，夫人是身处罪恶感的煎熬之中。

日子一天天过去，凶手却迟迟未能抓到，就这样过了追诉时效[①]。沙耶子小姐一开始就怀疑，杀害老夫人的也许是麻耶子小姐。

虽然并无实据，但前一晚刚刚发生了那样一幕闹剧，而且老夫人一死，将麻耶子小姐扫地出门一事也不了了之了。

[①]战后的日本刑事诉讼法规定，杀人等最高刑为死刑的罪行公诉时效为十五年。二〇〇四年日本修改刑事诉讼法，将其延长至二十五年。二〇一〇年，杀人等重罪的追诉时效才被取消。

听了沙耶子小姐的话，夫人大概也逐渐对麻耶子小姐起了疑心。假如杀害自己最爱的母亲的，竟然是自己的亲生女儿……

夫人被这个可怕的念头困扰许久，也曾进入麻耶子小姐的房间，尝试搜寻杀人的证据，例如被抢走的现金或凶器。结果这事被麻耶子小姐知晓，两人的关系愈发恶化了。

与此同时，夫人不再提起灵气一事，但又说老夫人会给她打电话。据说只要接起电话，夫人就能听见一个低沉嘶哑的声音在呼唤夫人的名字，诉说自己的痛苦："脚好疼，好疼啊——"

当时还在上医护学校的我曾多次提出，最好带夫人去精神病院，但老爷可能碍于面子，一直拖着没去。

夫人被几乎每晚都会响起的电话折磨着，最终陷入了抑郁状态。

我拜托沙耶子小姐带夫人去医院，但沙耶子小姐说，打给夫人的电话并非幻听，她怀疑是麻耶子小姐在捣鬼。如沙耶子小姐所言，似乎确实会有电话打来。如果是有人故意给母亲死于非命的夫人打这种电话，简直是令人发指的恶意骚扰。

沙耶子小姐认为，只有心理病态的麻耶子小姐才能做出这等丧心病狂的报复行为。

并且，她还怀疑，所谓的"灵气"也是麻耶子小姐做的手脚。

因为老夫人喜欢用檀香味的香膏，所以只需将同款香膏偷偷涂抹在夫人房间的地毯和床上用品上，就能让她以为是老夫人回来了。

但最后，在无人掌握能证明是麻耶子小姐做的这一切的确凿证据的情形下，事情就迎来了终局。不，不是骚扰电话停止了，而是被逼入绝境的夫人喝农药自杀了。

没错，就是在克萝伊丧命的储物间里的百草枯，和这次麻耶子小姐被灌下的农药一样。

沙耶子小姐花了四年时间，才真正从夫人去世的打击中恢复过来。

我获得护士资格之后，没有去医院工作，而是选择留在这个宅邸，专心照料老爷。因为夫人自尽后，老爷身心崩溃，一病不起。

您问，是我让沙耶子小姐重新振作起来的吗？

怎么会呢，这全都是榊老师的功劳。

榊老师是辅导沙耶子小姐考大学的家庭教师，是国立大学的学生。两人似乎在辅导沙耶子小姐功课的过程中渐生情愫。

后来，沙耶子小姐向我坦白两人正在交往一事时，她开心得好像要融化了一般，看起来幸福极了。榊老师是一位有些瘦削的男子，看起来很细心很温和，两个人很是般配呢。

沙耶子小姐向我倾吐了一切，却很小心地没有让麻耶子小姐知道。

然而，沙耶子小姐的变化，终究没有逃过麻耶子小姐的眼睛。

麻耶子小姐高中毕业后没有出去工作，而是在很多男朋友的簇拥下，整日游手好闲。

有一天，我送榊老师出门，宅邸门口停了一辆大红色的敞篷车，麻耶子小姐身穿一条与车同样颜色的迷你短裙，正从副驾下车。

麻耶子小姐的美貌让榊老师面露惊异之色，看得入神，嘴都合不上了。我介绍麻耶子小姐时，榊老师垂着头，一个劲儿地咽口水，自我介绍时嗓音都颤抖起来。

"真是个不错的老师呀，我可太羡慕沙耶子啦。请、多、关、照。"麻耶子小姐伸出双臂，搂住榊老师的脖子，轻轻地拥抱了一下，在他耳边低语道。

榊老师全身僵直，脸上的表情好像被雷劈中一般。

情况真是急转直下。那时候，榊老师的心就已经被麻耶子小姐夺走了吧。

没过多久，榊老师就向沙耶子小姐提出了分手。

我难以想象，沙耶子小姐知晓夺走了自己爱人的竟是姐姐，受到了多大的伤害和委屈……

我趁此机会向她建议，这次一定要逃离麻耶子小姐。幸运的是，沙耶子小姐的身体已经比以前好多了，所以她下定决心，离开宅邸，住进了短期大学的宿舍。

沙耶子小姐一走，麻耶子小姐就对榊老师失去了兴趣，干净利落地将其抛弃了。果然，她并非想拥有对方，只不过想从沙耶子小姐那里抢走他罢了。

榊老师痴迷于麻耶子小姐，对于她的变心感到难以置信，即便被甩了，他仍然隔三岔五地造访宅邸。榊老师见不到麻耶子小姐，郁郁寡欢，我陪他喝了不少闷酒，给了他不少鼓励和安慰呢。

您问榊老师在那之后怎么样了？

他好像从大学退学了，不知是不是去旅行疗伤了。总之，自打某一天起，他忽然就销声匿迹了。说不定他怕了麻耶子小姐这样的类型，下一个对象会和麻耶子小姐截然相反，是一个既温柔又审慎的女性呢。

虽说沙耶子小姐离家生活了，但她的宿舍距离家不到一小时车程，所以我和沙耶子小姐常常见面，互相通报近况。

后来，麻耶子小姐曾去东京混过一段日子，妄想当上模特，但似乎未能如愿。结果她又回到了宅邸，继续过着无所事事的生活。

而沙耶子小姐呢，虽然有段时间没能从失恋的痛苦中走出来，但在十九岁时开启了一段新的感情。对方是沙耶子小姐常去看诊的医院里的医生石神先生，他是小姐哮喘病的主治医生。

石神医生刚好比沙耶子小姐大一轮，他很聪明，富有成年男性的魅力，我也松了一口气，心想这一次沙耶子小姐一定能获得幸福。

两人商议，等沙耶子小姐短期大学毕业后就成婚，并准备将此事向老爷和盘托出。我特意挑了个麻耶子小姐不在的日子，并通知了沙耶子小姐。可不知为何，那天麻耶子小姐没出门，而是在家一同迎接石神医生。

那一天，麻耶子小姐换上一身雅致的和服，将浓密的黑发高高盘起，露出的后脖颈焕发出成熟的美艳之色。

石神医生第一眼看到麻耶子小姐，便发出了感慨的叹息声。

石神医生称赞了麻耶子小姐的美貌，但麻耶子小姐对他的态度与对榊老师大不相同，看起来非常冷淡。石神医生大概也觉得有点儿自讨没趣，频频掏出手帕，擦拭额头的汗珠。

看着麻耶子小姐兴味索然的样子，沙耶子小姐和我都松了一口气。不过，那可能正是麻耶子小姐的策略。

我不知道麻耶子小姐究竟是怎么诱惑石神先生的，总之，同样的事情又上演了。

这么说来，石神医生和榊老师，在某些地方有些相似呢。

毕竟是姐妹，连喜爱的男性类型都会雷同啊。

几天后，沙耶子小姐亲眼看见麻耶子小姐和石神医生同床共枕，当晚便割了腕。幸好伤口很浅，她捡回了一条命。但世上哪儿有这种姐姐，夺走妹妹的恋人一次不够，还要干第二次？

等到伤口痊愈，沙耶子小姐便动身去了京都。

这一次，她终于逃离了麻耶子小姐，在遥远的地方开始了新生活。

伤害沙耶子小姐的那两个人——麻耶子小姐和石神医生，后来结婚了。

石神医生也住进了这栋宅邸，每天去市区的医院上班。他们这对夫妇，自新婚伊始就争吵不断。话虽如此，每次高声詈骂的总是麻耶子小姐，石神医生则想尽办法安抚她……

不知是厌倦了这种生活，还是看透麻耶子小姐的本性而产生了恐惧，不到一年，石神医生就离开了宅邸。据说他都没有向工作的医院打招呼，就这么突然消失了，恐怕是心理上的疾病吧。

麻耶子小姐似乎并不以为意，也没有去寻找石神医生，又和她那帮狐朋狗友回归了懒散的生活。

您问我吗？不，我一直都没嫁人。我在这个宅邸里专心侍奉生病的老爷。因为夫人早逝，老爷备受打击，身心都变得极其脆弱。五年前的夏天，他结束了在轻井泽别墅的静养回家时，甚至认不得自己女儿的脸了……

我绝对不能丢下这样的老爷，只顾自己嫁人，这也算是我的报恩吧。而且，我对沙耶子小姐也颇为担忧。

有一段时间，沙耶子小姐担心自己也会像夫人和老爷那样，陷入精神失常。

我记得，那是榊老师被麻耶子小姐夺走，沙耶子小姐内心的伤痛尚未痊愈的时候。

短期大学放暑假，从宿舍回到家中的沙耶子小姐忽然在走廊失去意识，晕倒了。

我吓了一跳，摇晃她的肩膀。虽然沙耶子小姐很快就醒了，但她带着一丝怯意盯着摆在走廊角落的冰箱，说了些令人汗毛倒竖的话。

她说，冷冻室里，有一只被砍下来的老夫人的脚。

我大惊失色，马上查看了冰箱。然而，里面没有那种东西。

沙耶子小姐说不可能，她确实看到了。于是她亲自过去查看，可哪里都没有被砍下来的脚。

那台冰箱是麻耶子小姐放的，她说房子太大了，去厨房拿饮料很麻烦。除了麻耶子小姐以外，几乎没有人使用它。

那天，沙耶子小姐碰巧要把买来的冰激凌放进冷冻室，一打开门，一只裹在塑料袋里的蜡一样白的断脚映入眼帘，她便顿时被吓昏了过去。

我担心，也许是因为沙耶子小姐曾目睹老夫人的遗体，那腿上血淋淋的断面给她造成了心理创伤，所以才产生了这种幻觉。

但沙耶子小姐对此另有解释。她说，杀害老夫人的凶手必定是麻耶子小姐，是麻耶子小姐把切断的脚藏在冰箱的冷冻室里的。而沙耶子小姐见到的脚凭空消失，一定是麻耶子小姐趁她失去意识，偷偷处理掉了。

可是，老夫人过世是六年前的事了，这么长时间一直把断脚藏在谁都有可能打开的冷冻室里，怎么想都不合情理。

沙耶子小姐吩咐我监视那台冰箱，当然，我一次也没有在里面发现断脚。

一年前的冬天，沙耶子小姐接到老爷的讣告，回到了阔别七年的宅邸。

现在想来，老爷在那时去世应该算是幸运吧。如果他还在世，就不得不目睹自己的女儿相互残杀的情景了。啊，当然了，他也许根本没有理解过女儿吧。

沙耶子小姐生活在京都，以玩偶创作家的身份获得了很高评价。她在老爷的棺材里放入了自己创作的玩偶全家福，垂泪不已。

假如是以前的麻耶子小姐，一定会嫉妒沙耶子小姐的成功，妄图将其从人气创作者的位置上拉下来，并将她的生活搅得一团糟。

可是，麻耶子小姐也发生了极大变化，就连沙耶子小姐都吓了一跳——那位麻耶子小姐竟然迷上了一个男人，为之神魂颠倒……

那个男人，当然是恭司先生喽。麻耶子小姐和那帮男朋友一起出去玩时与恭司先生邂逅，并坠入了爱河。真不敢相信，水性杨花、喜新厌旧的麻耶子小姐竟会对一个男人着迷，但见到恭司先生之后，任谁都心服口服了。恭司先生的祖父是著名的法国画家，因此恭司先生具有四分之一外国血统，是碧眼的混血儿，面容俊美极了。不仅人长得俊秀，恭司先生性格也很温柔，和女性交往时非常干练潇洒，再加上他还拥有继承自祖父的绘画天分。

麻耶子小姐将宅邸中最好的一间房让出来，给恭司先生当作画室——那本是她自己用的房间。恭司先生想要什么，她都尽量满足。光从这些地方也可以看出，麻耶子小姐对待这次恋爱有多么认真。

没过多久，两人就正式结婚了。恭司先生以麻耶子小姐为模特，画了肖像画。

恭司先生笔下的麻耶子小姐没有那么盛气凌人，脸上的表情看起来平静而幸福。当然了，麻耶子小姐的性格并没改变，脾气暴躁如故，但和以前比，我觉得麻耶子小姐的病应该算是好了不少。

沙耶子小姐似乎也对两人的婚姻给予了衷心的祝福。

沙耶子小姐本来怯于和外人交往，但或许是因为她和恭司同为艺术家，两人聊得来，所以很快就有说有笑了。只有两姐妹在场时，气氛会有一点儿紧张，但只要恭司先生加入谈话，麻耶子小姐和沙耶子小姐都能自然放松，开心地笑起来。我做梦都没想到，有朝一日能看到麻耶子小姐与沙耶子小姐和睦谈笑的样子，心底也不由得涌起一股暖意。

沙耶子小姐回京都不久，麻耶子小姐怀孕的消息便传开了，同时恭司先生的个人画展也已敲定，宅邸里充满了幸福的气氛。

什么？您问我，老爷去世后，沙耶子小姐也离开了，我为何还留在这间宅邸？对，这当然是有理由的。但是，我实在不好意思在这里说呢。而且，即使我不亲口说出来，相信您也能察觉一二吧？还是请让我先把话说完。

恭司先生为了准备个人画展，开始在神户的画室和宅邸之间来回奔波。有时候，麻耶子小姐难以忍受无人陪伴的寂寞，会歇斯底里地拿恭司先生撒气，但再也没有像以前那样去找别的男人玩乐，排遣心绪了。

我想，要是沙耶子小姐现在有了未婚夫，也把他带回家的话，应该不会像以前那样再被麻耶子小姐抢走了。后来，我的这个心愿竟然实现了。恭司先生的个人画展圆满结束后没多久，沙耶子小姐突然回到了宅邸。

沙耶子小姐虽然没把未婚夫带来，但她悄悄告诉我："我有一个想结婚的对象。我的肚子里也和姐姐一样，有了一个小宝宝。"

我满心以为，即使沙耶子小姐回来，也不会发生过去那样的事情了。但实际上，沙耶子小姐回到家里没多久，麻耶子小姐又故态复萌了。她陷入精神不稳定的状态，开始拿沙耶子小姐出气。我一开始猜测是因为孕期情绪不稳，但后来才知道，原来是夫妻间关系不和谐。

我刚才也提到志津目睹了麻耶子小姐和恭司先生的争吵。她躲在一边，偷听了两个人的对话。

志津说，恭司先生对麻耶子小姐起了疑心。

他怀疑，麻耶子小姐肚子里的孩子，是否真的是他的。

您在警察那边听他们说了吗？志津看到的不光是麻耶子小姐和恭司先生夫妇的吵架。那个人啊，不愧是女佣，偷窥可真是有一手。

据她说，麻耶子小姐在被杀的那天，和沙耶子小姐发生过争执哦。

她听见二楼传来了难听的争吵与咒骂声，看见两人在走廊上互相撕扯起来，最后，麻耶子小姐把沙耶子小姐从楼梯上推了下去。

什么？您问我为什么不去劝架？

如果在场的话，我肯定会介入，挺身保护沙耶子小姐。

为什么我不在宅邸？

那时候我在偏房后面的储物间。因为我在打扫卫生，所以很遗憾，我并不知晓这场风波。

假如那时候我不是在储物间，说不定还能保全一个小生命。

谁能想到，被推下楼梯的沙耶子小姐竟然流产了。

哎呀，您的脸色好苍白呀。没事吧？净是些让人不好受的往事，您是不是感到不舒服了？真的可以继续吗？好，我明白了。嗯，说到哪儿了？啊，是关于小宝宝。

沙耶子小姐可能是对意外流产的事怀恨在心，这才当晚在麻耶子小姐的睡前酒里放了百草枯吧。志津是个大嘴巴，警察从她那儿听到此事，估计也是一样的想法，所以才把沙耶子小姐带走了。毕竟不光有物证，沙耶子小姐还有动机。

什么？我不是相信沙耶子小姐的清白吗？

啊，是哦，不知怎么回事，沙耶子小姐就变成杀人犯了。

当然，我一开始也期待能够在这些陈年旧事里找到一些什么线索，证明沙耶子小姐的清白。但是，谈到两人的过往，有几件事让人耿耿于怀。即使每件事都很细微，但聚沙成塔，很难不让人注意到背后隐藏的巨大恶意啊。

所以，现在说完之后，我的想法完全翻转了。

您可以听一听吗？

我直到刚才都一直以为，麻耶子小姐是贪婪的狼，而沙耶子小姐是善良温柔的羊。然而，真正的受害者难道不是麻耶子小姐吗？没错，不仅是这次的杀人案，在过去的所有事件中都是如此。

说不定恰恰相反，正如麻耶子小姐所言，沙耶子小姐是一只披着羊皮的狼，或者说——贪婪的羊。

为什么？因为我在想，说不定麻耶子小姐没有说谎呢。

麻耶子小姐确实非常自私，而且具有攻击性，即使伤害了别人也不会感到良心被苛责。但我仔细回想，从来不记得麻耶子小姐撒过谎。因为麻耶子小姐的风格是强取豪夺，从不屑于使用谎言之类的小伎俩。而她有说谎嫌疑的事件，对象全都是沙耶子小姐。仔细想来，麻耶子小姐已经把那个蓝眼珠的娃娃从沙耶子小姐手里夺过来了，根本没必要抠出它的眼珠，还把手脚拆得七零八落，对吧？麻耶子小姐的目的是将它从沙耶子小姐那里夺走，而东西到手之后，不管是什么，都会被她满不在乎地丢在一边，很快就被忘得一干二净。

有没有一种可能，沙耶子小姐捡到了那个娃娃，又担忧再次被姐姐拿走，干脆自己动手将其糟蹋一番，再归罪于麻耶子小姐，然后找老爷哭诉呢？

还有那个针线盒也是一样。如果真的是麻耶子小姐拿走的，它肯定会被大大咧咧地丢在一边。可是，我翻遍了麻耶子小姐的房间也没找到。针线盒真的是被麻耶子小姐偷走的吗？

而且，当时的那个眼泪……麻耶子小姐流着泪说，在沙耶子小姐的泡芙里藏针的不是她。我觉得，那眼泪不似作伪。那样的话，会不会是沙耶子小姐自导自演的呢？

鹦鹉啾啾之死，沙耶子小姐一开始就认定了，说肯定是麻耶子小姐指使猫干的。但房间里掉落的只有鹦鹉羽毛，一根猫毛也没有。那么小的一只鹦鹉，就算不借助猫的力量，靠人手也能轻易捏死吧。假如麻耶子小姐要抓它，啾啾肯定会奋力挣扎，但如果面对沙耶子小姐，啾啾一定会毫无保留地付出自己的信任。我的这个猜想，是不是过于可怕了？

不过，在羊布偶肚子里藏针线盒这件事，我可以断言不是麻耶子小姐干的。为什么当时没注意到呢？大概是沙耶子小姐碰巧发病，让我无暇思考其他的事情吧。

我刚才说了吧？麻耶子小姐非常厌恶精细的手工，连把线穿过针孔都办不到。对于她这样的人来说，扯开毛绒玩偶的肚子倒还好，但要她仔细去除里面的填充物，小心地塞进针线盒，然后把玩偶肚子缝好，简直难于登天。麻耶子小姐做到一半肯定就会失去耐心，弃之不顾了。而非常喜欢做这种琐碎细致的工作的，是沙耶子小姐。

是了，不仅仅是鹦鹉，还有狗。克萝伊只肯跟沙耶子小姐和我亲近。如果麻耶子小姐靠近它，想要割它的肚子，它一定会咆哮起来通知我们。但那天我们并没有听到狗叫。

如果缝上羊肚子的不是麻耶子小姐，那么显而易见，吸入器也不是她藏在那里的。假如那次痛苦的哮喘发作，完全是沙耶子小姐的演技……

明明都不是自己做的，却被安上了全部罪名，还被说是骗子，被老爷责打，也怪不得麻耶子小姐会那么生气、那样撒泼了。

"为什么每次都是我不好？为什么没人注意到沙耶子的邪恶？！为什么没人看出这人藏在羊的假面具下的黑暗本性？！"

麻耶子小姐撕心裂肺的呼喊并非虚言。看来，只有麻耶子小姐看透了沙耶子小姐的邪恶本性。

可是，在沙耶子小姐的安排下，可怜的麻耶子小姐差点儿被老夫人扫地出门。

对了，还有那个老夫人死后困扰夫人多时的所谓"灵气"！沙耶子小姐说，这肯定是麻耶子小姐用老夫人的香膏捣的鬼，但麻耶子小姐根本办不到。因为她有嗅觉障碍,几乎闻不到气味。

若麻耶子小姐能闻到老夫人身上散发出的香味,她就会对那瓶掺了含有异味剂、气味刺鼻的百草枯的红酒产生警觉,根本不会沾唇了。

假如这一系列事情实际上都是沙耶子小姐动的手,而让麻耶子小姐背负罪名,那沙耶子小姐才是真正可怕的怪物啊。

您问,沙耶子小姐为什么要这么做?这个嘛,我也不知道。但是,有一件事我是很确定的。

那就是——沙耶子小姐也有心理疾病。

在心理病态的患者中,似乎有一部分人会小心翼翼地藏起自己的真面目,扮演好人,在不引人注目之处不断犯下罪行。

麻耶子小姐虽然没有撒谎,但性格也十分古怪,很有可能两人患上了同样的病。姐妹两人都有人格异常,真是可怕啊。

您问,说沙耶子小姐有心理疾病,我有没有证据?难道不是您自己不愿意相信而已吗?而且,我提出这个怀疑是有缘由的。因为,沙耶子小姐不是夺走了麻耶子小姐最珍贵的东西吗?

您自己心里也清楚,对吧?那就是您呀,恭司先生。

沙耶子小姐在考虑的结婚对象,是您,恭司先生。

竟然夺走姐姐的丈夫,可见沙耶子小姐这个女人心灵多么贪婪,多么肮脏。而且,她居然怀孕了。

这一次沙耶子小姐回来之前,我就隐约猜到了你们两人的关系。因为恭司先生您去神户准备个人画展时,脸上的表情十分幸福啊……您是不是去京都和沙耶子小姐幽会了?恐怕,麻耶子小姐也有所察觉吧。

您知道麻耶子小姐为什么会确信自己的丈夫和妹妹有外

遇吗？

理由是那幅画呀，就是恭司先生您以沙耶子小姐为原型创作的那幅画。真是令人震惊的作品呢。

沙耶子小姐抱着尚未出生的孩子，脸上流露出深切的慈爱之情，就像是怀抱着幼年耶稣的圣母马利亚，圣洁又美丽。从那幅画里，能感受到恭司先生浓厚的爱意，这正是麻耶子小姐的肖像画中缺失的。是的，那幅画完美地描绘出了沙耶子小姐"羊"的那一部分，也就是圣母般的脸庞。

您问，为什么我会知道那幅画？

因为我打扫沙耶子小姐的房间时，碰巧看到了。

那您知道那幅画后来怎么样了吗？

是在麻耶子小姐的房间里找到的哦。画被扯得粉碎，惨不忍睹。

一想到麻耶子小姐见到那幅画时的心情，我就心如刀割。

沙耶子小姐怀抱的婴儿面容俊美，很像恭司先生吧。

而且，画中的婴儿还生着一对与恭司先生如出一辙的蓝眼睛。

这么说起来，沙耶子小姐把母婴手册[①]藏在了那幅画的背面，麻耶子小姐可能也翻看了。

麻耶子小姐一定是在用刀割破那幅画后情绪激动，不能自已，冲动之下才把沙耶子小姐从楼梯上推了下去。

不，这不是恭司先生的错。和麻耶子小姐这样的人一起生活，刚开始可能很刺激很有趣，但很快就会感到疲倦。就在寻求抚慰和安宁之际，您被面目如同小羊的沙耶子小姐诱惑，可以说恭司先生您也是受害者。

[①]在日本，向医疗机构提交怀孕登记表后，机构就会发放一本"母婴手册"，用于记录妊娠、分娩和育儿期间母婴的健康状况。

虽然您的心已经和麻耶子小姐渐行渐远，但恰在这时麻耶子小姐怀孕了，所以您也无法开口提出分手，对吧？于是，急不可耐的沙耶子小姐便乘虚而入了。

贪婪是一种罪，太温柔也是一种罪。

为什么您还要袒护沙耶子小姐呢？我已经说了这么多，您还没醒悟吗？沙耶子小姐是一只贪婪的羊啊。

沙耶子小姐一定想尽了办法，把您从麻耶子小姐手里夺走。麻耶子小姐肚子里的不是恭司先生的孩子，放出这种消息的不也是沙耶子小姐吗？

什么？沙耶子小姐说是从我这里听来的？那是她在骗您。沙耶子小姐，果然是个狡猾又邪恶的撒谎精啊。

您问，沙耶子小姐称百草枯也是从我这儿打听到的，是不是也是谎言？

您是在哪里听说这件事的？从警察那儿吗？这话是沙耶子小姐说的吗？

不，这倒不是谎言。

我刚才不是说了吗？麻耶子小姐把沙耶子小姐推下楼梯时，我正在储物间打扫卫生，那瓶百草枯就是那时候找到的。夫人自杀后那瓶农药居然还放在那里，我大为惊讶，于是一回到主屋我就去征求沙耶子小姐的意见了。

我问，如果有人误服的话就危险了，是不是处理掉比较好？

沙耶子小姐说她来处理，从我手中把百草枯抢了过去。

那时候，我才注意到沙耶子小姐裙子上的血渍。再仔细一瞧，沙耶子小姐面白如纸。于是我问沙耶子小姐到底发生了什么事，她没来得及回答就晕了过去。我赶忙叫来医生，才知道沙耶子小姐流产了。

现在回想起来，假如我及时察觉沙耶子小姐的异状，就不会提起百草枯，或许也就能阻止这可怕的事件了。

为什么？您为什么要用这种眼神盯着我？

等一下，恭司先生。您觉得，把那幅画给麻耶子小姐看的，是我吗？

我怎么可能做出那种事呢？

恭司先生，请看着我的眼睛！

这看起来是会撒谎的人的眼睛吗？

恭司先生竟然怀疑我，这太过分……太过分了……太过分了，呜呜……

没事，只要您能理解，那就没关系。不好意思，我竟然哭了。

因为实在太受打击了。我不想被恭司先生那样说。

您刚才不是问我为什么没有从麻耶子小姐身边逃开，而要继续住在这宅邸里吗？

答案是您啊，恭司先生。

因为您的存在，我才选择留在这栋只有不好回忆的宅邸里。我想每天看见您的脸，和您呼吸同一片空气，就这样活下去。

恭司先生，您一定也觉察到我的心意了吧？

可即便如此，您还是和沙耶子小姐发生了关系，真是太过分了。但是，我已经原谅您了。因为现在我们可以过二人世界，再也不必担心有人打扰了。

嗯？您问这是哪里？我刚才讲的故事里面其实有提示哦。您明白了吗？您回想一下，我不是说过这座宅邸里有一间地牢吗？没错，就是这里。仓库的最深处，有一扇谁也不知道的暗门。

您可能要问了，为什么我会知道这个连麻耶子小姐她们都不知道的地牢呢？

答案很简单。我当然会知道，我简直太熟悉这个地方了，因为，我是在这里长大的啊。直到我十岁时，母亲突然去世，我才被带到那栋大宅子。

您还要问为什么吗？那还用说吗？被关在地牢里的，不是疯子，就是私生子吧。

讨厌，您怎么一脸受惊的样子呀？我可不是疯子哦。嘿嘿。

您害怕这个地方吗？假如恭司先生是一个人被关在这间地牢里的话，那可能确实有点儿恐怖，但是现在有我陪着您啊，还有什么好怕的？

我现在幸福极了。我一直梦想着能在这种狭小的空间里和恭司先生单独相处。讨厌啦，您可千万别以为我是个不自爱的女子。为了您，我愿意做任何事情。

您说，既然这样的话，我干脆放您出去？那可不行哦，恭司先生。我必须保护您，免受贪婪之羊的伤害。即便沙耶子小姐被逮捕了，也不能大意。贪婪之羊，随处可见。他们长着平常的脸，说些平常的话，平常地笑着，巧妙地混在平常人中间。

但是在这里，您大可以放心。我会永永远远地守护您。

您说什么？麻耶子小姐所说的"贪婪之羊"不是沙耶子小姐，而是我？为什么？怎么会是我呢？

恭司先生从中调和，姐妹俩和解后，麻耶子小姐对我产生了怀疑吗？

您的意思是，我对麻耶子小姐讲，沙耶子小姐要撒谎陷害姐姐，同时又对沙耶子小姐说，麻耶子小姐夺走了妹妹心爱的东西，通过散布虚假信息，让两个人心生芥蒂？

您昏头了吧。做那种事，对我有什么好处？

我是"贪婪之羊"？开什么玩笑。您说说看，我哪里贪婪了？

如果我真的贪婪，就应该要求跟麻耶子小姐和沙耶子小姐有同样的待遇呀。姐妹中，只有我的境地如此悲惨……

是啊，老爷就是我的父亲。同一个父亲的孩子，只因是女佣所生，就必须称呼有血缘关系的妹妹为"小姐"，被虐待，忍受多年不公的对待。那对姐妹想要什么就有什么，怎么会理解我的处境呢？她们两姐妹住在宽敞的宅邸，享受仆役的服侍，舒舒服服过着奢侈的生活时，我被独自关在这个散发着馊味儿的黑暗地牢里呢。

您注意到我的脚了吧。我并非天生跛脚哦。您一定奇怪，为什么会这样呢？因为我小时候想从这里逃出去，结果从梯子上摔下来了。自此之后，我就只能拖着一条腿走路了。

我跟用人们撒了个谎，说送老爷去轻井泽静养，但实际上把他关到了这里。仅仅过了一个月，他就疯了。才一个月哦！我可是在这儿待了十年呢。难道我还要继续纵容这种不公的待遇吗？

您这副表情是什么意思？您想说什么？

等一下，难道恭司先生觉得，那两姐妹是在我的挑拨下才互相残杀的吗？

哎，恭司先生，您清楚我是什么样的人，对吗？您觉得我会做出那种事吗？

再说了，如果，只是如果，我不小心打开沙耶子小姐的房门而忘了关上，那幅靠在墙上的画恰好映入了经过门前的麻耶子小姐的眼帘，那我何罪之有？

征求沙耶子小姐的意见，问她是否要处理掉百草枯的时候，我明明白白地提醒了她："麻耶子小姐闻不到气味，很有可能误饮，所以很危险。"请问，这个诚意劝告，又是何罪之有？

恭司先生，您从一开始就怀疑我了吧？您是不是觉得，挖出洋娃娃的眼珠、在沙耶子小姐的泡芙里藏针、杀鸟和狗、用"灵气"和匿名电话的手段把夫人逼到自杀，这些都是我干的？

您难道是认为我可能会在讲述中露出破绽，这才让我讲起陈年旧事？

欸，原来你还能做出这么卑劣的事情？全是为了沙耶子吗？也就是说，为了沙耶子，你可以赴汤蹈火？那样的话，你也是贪婪之羊喽！

哎呀，讨厌，抱歉抱歉，一不小心语气有些太严厉了。我也有点儿心烦意乱，搞得像麻耶子小姐一样了呢。

恭司先生，警察叫您今天再去一趟，对吧？

警察也在怀疑您吧，毕竟您和沙耶子小姐有染。其实我还有些小小的期待呢。说不定，给麻耶子小姐下毒并将罪名转嫁给沙耶子小姐的，就是恭司先生您呢。这样一来，就可以将这对令人讨厌的姐妹一次性解决掉。因为，其实我还不太敢相信，那样的沙耶子小姐竟然敢杀人。但我完全想错了。我在讲述中没有露出恭司先生您所期待的破绽，却暴露了沙耶子小姐隐藏的嘴脸，还真是讽刺啊。

您说，不去警察局的话，会被认为是逃跑了？那就让他们那么认为好了。

如果警察觉得恭司先生是沙耶子小姐的共犯，就让他们这么想吧，也算是圆满解决啦。

趁刚才您休息的时候，我把您的车开到车站，丢在那里了。所以，即使开始搜查，警察也会弄个南辕北辙。

万一警察要来家里搜查？您放心，他们绝不会找到这个地方的。自从老爷过世，就没有其他人知道地牢的暗门了。

对了，我给沙耶子小姐写了一封信。因为你们两人偷偷用英语通信，所以我借用了一下恭司先生的打字机。我英文不大好，所以只打了短短的一句"天堂再会"。是不是很浪漫？

等到警局允许探视了，我会给沙耶子小姐送去的。假如告诉沙耶子小姐，恭司先生不知所踪了，她可能会产生一些误解吧。她的情绪不太稳定，说不定会追随您的脚步——

恭司先生，您怎么了？怎么忽然那么狂乱？您再怎么大喊也不会有人来的。恭司先生，请冷静一下吧。

您看，把喉咙喊疼了吧。我这就给您倒杯凉茶。

我小时候这里还没有冰箱，不过现在有了。这是冰箱，那边的是保险柜。我把老夫人在偏房的那个防火保险柜搬过来了。有大麦茶，也有绿茶，您要哪种？

哎呀，真讨厌，把我吓了一跳！您怎么突然大叫起来，怎么了？

啊，原来冰箱的灯照亮了里面的东西。

果然，您也和沙耶子小姐一样误会了。这可不是老夫人的脚哦。我可没有特殊癖好，保存那种鸡爪子一样的脚。

您怎么会把男士的脚错看成老夫人的脚呢？不过沙耶子小姐看到的时候，已经过了段日子，它有点儿缩水了，所以也情有可原。

那时我也吃了一惊，万万没想到沙耶子小姐竟然打开了冷冻室。因为麻耶子小姐不爱吃冰激凌，所以冷冻室总是空着的。我本来也没打算放很长时间，但事出有因，应急之举，没办法。

因为榊老师想从地牢里逃出去嘛。

第一次见到榊老师的瞬间，我感觉到了命运齿轮的转动。我想，榊老师一定也有一样的感觉。虽然中间有沙耶子小姐和麻耶子小姐的百般阻挠，但最后，他还是选择了我。果然姐妹就连挑选男人的眼光都会很相似呢。

那时候是第一次，所以我只把榊老师关在地牢里，我坐在栏杆外，每天和他开开心心地谈天说地。但我们毕竟是年轻的情侣，很快就不满足于聊天了，对吧？我想，既然两人已经心意相通，而且榊老师很老实，我便接受邀请，走进了地牢。这时，榊老师突然态度大变，一把将我推开，妄图逃跑。但其实就算他离开了牢房，也逃不出去的……

既然他背叛了我，我就必须对他施加惩罚。为了让他不再逃跑，我没收了他的左脚。不过，这才是第二次做，我好像有些没处理好的地方，榊老师发起高烧，在痛苦中抛下我，离开了这个世界。当时正值炎炎夏日，我立刻在这里挖了个坑，把遗体埋葬了。但我心想，至少要把左脚留在身边做个念想。因为当时还没有这个冰箱，这才借用了麻耶子小姐的冰箱，却被沙耶子小姐发现了。不过她误以为是老夫人的脚，没引起太大的骚动，算是不幸中的万幸。

啊，您刚才看到的可不是榊老师。我是个特别专一的女人，绝不能容忍出轨和外遇，只要有了新的恋人，就一定会把旧的回忆处理掉。而且，榊老师和老夫人的都是左脚，但您刚才看到的是双脚，对吧？

您觉得是石神医生吗？医生的脚，我今早埋在那里了。石神医生不愧是医生，给了我很多指导，真是帮大忙了。已经不必担心发生感染了。别看我这样，我好歹是个护士。

讨厌啦，不是和您说了不要突然大叫吗？我心脏病都要被吓出来了。

哦，原来您看了毛毯下面。因为归根结底大家都想逃，所以我一开始就把您的双脚都卸了。麻醉做得很完备，一点儿都不疼吧？啊，不过，您刚才说脚尖疼，吓了我一跳。原来真的有幻肢痛这种东西啊。

世界上，还有很多很多不可思议的事情呢。

别担心，恭司先生。您是画家，只要有手就能画画了。

您瞧，为了不让您太无聊，我把绘画工具都拿来了。请用这些画具给我画幅肖像画吧。是的，我也想要和沙耶子小姐一样的构图。请也让我抱着一个和恭司先生面容相似的婴孩吧。

等到画好了，我就会代替麻耶子小姐和沙耶子小姐，为恭司先生生个孩子。

对了，麻耶子小姐陈尸的六角形房间采光好极了，就把那里改造成婴儿房吧。若是再养一只会说话的鸟和一条狗，岂不是很开心吗？

即使有了孩子，恭司先生也不用担忧生活琐事哦。

那个防火保险柜里有老夫人留下的现金，大概有五千万日元。再加上，如果沙耶子小姐去世，真行寺家的土地和宅邸等所有资产都将由老爷承认的血脉——我来继承。

您不必工作，只需要专心画我的肖像就行了。剩下的，乖乖听我的话就可以。

那么，马上开始吧？

我坐在这里可以吗？这个姿势怎么样？

喂，恭司先生，请答应我哦。

答应我，要把我画得比谁都漂亮，比麻耶子、比沙耶子都要漂亮……

哎呀，我竟要求您办到这样的事，是不是有点儿贪婪了？

悖德之羊

转眼之间，夏天说来就来了。

孩子们在高速公路休息区的广场上玩耍，仰望天空，只见一片无边无际的碧蓝，万里无云。可能是因为筱田最近忙得没时间陪他们玩儿，马上满五岁的双胞胎兄妹小真和小实像小狗崽儿一样缠着他，片刻不离。他苦笑着回头望向站在树荫下的妻子，羊子一边忙着把父子三人的天伦之乐收入镜头，一边笑吟吟地朝这边挥手，心情不错的样子。

他们把滑索玩具和滚轴滑梯玩了个遍，终于围坐在草坪上，打开了羊子亲手制作的便当。

"哇！是熊猫的面包耶！"

女儿小实欢呼道，咬了一大口熊猫模样的三明治。奶酪片和海苔等食材精心排布在切成圆形的面包上，做成熊猫的眼睛和鼻子。这是羊子的特制三明治，也是孩子们的最爱。虽然筱田告诉怀有身孕的妻子不必操劳，但羊子还是专门为不爱吃面包的筱田准备了花椒调味的银鱼干配壬生菜的饭团。虽说使用的食材都比较廉价，可羊子做出来的菜色既好看又好吃。

吃完午饭，筱田正在收叠野餐垫，听见刚才和羊子一起去洗手间的小实发出刺耳的尖叫。

"爸爸！快来！小宝宝！"

筱田的心一下子提到了嗓子眼。他立刻丢下野餐垫，朝正蹲在树丛前的怀胎五个月的妻子奔去，问道："还好吗？"羊子回过头，却是一脸茫然。

站在一旁的小真和小实竖起食指放在嘴唇上，嘘了一声，然后指向树丛。筱田蹲下身,才看见树丛深处日影摇动的地面上,有四只小猫紧紧依偎在一只白猫的肚子上,正在喝奶。

筱田松了一口气,放下心来,膝盖发软。他瞪了小实一眼,但女儿正盯着小猫看得出神,还模仿着小猫爪子踩奶的动作,烂漫可爱,他也不禁微笑了起来。

小真也盯着小奶猫们看了许久,忽然抬头问筱田:"爸爸,为什么猫妈妈是雪白的,但小宝宝不白啊?"

的确,四只小猫里一只白色的都没有。不仅如此,它们的毛色分别是三花、虎纹、棕斑和黑色,各不相同。

"这是怎么回事呢?爸爸也不知道啊。"

这话说得,你们俩还不是长得不一样!筱田苦笑着,暗自吐槽儿子。

小真和小实是双胞胎,但属于异卵双生,两人长得完全不像。

女儿小实长得宛如迷你版的筱田,脸庞轮廓分明,双眼细长,鼻梁较低,很难恭维说是美人坯子,但还算讨喜。

而哥哥小真继承了妈妈的大眼睛,是个引人注目的美少年。他虽是男孩,却敏感而沉静,性格上也完全不像粗枝大叶的筱田。

别说是双胞胎了,他们看起来甚至不像兄妹。筱田的母亲在世时,每每看到小真和小实的脸,总是喃喃道:"要是男孩和女孩掉个个儿就好啦。"

对于这个评价,筱田一肚子气。但小实到了情窦初开的年岁,看看貌美的妈妈与兄长,再看看与爸爸一个模子刻出来的自己,恐怕也会唉声叹气吧。当然了,这事还为时尚早,筱田也不愿意多想。

"好了,我们得动身了,不然小理要着急了。"

趁孩子们还没有提出要把小猫带回家，筱田赶紧拍拍屁股站起身，催促他们上车。

水岛一家人与筱田家关系亲近，他们的别墅位于轻井泽旧街区，是一幢风格典雅的西式小楼，在林立的豪宅中也格外引人注目。

"哎呀，欢迎欢迎。"

出门迎接的水岛和马很自然地从羊子手上接过旅行包，露出灿烂的笑容。他俊朗的面孔被太阳晒得黝黑，看起来更加精干了，待人接物的方式还是一如往常潇洒自如。

筱田一家被引进家中，迎面是一片开阔的前庭，阳光从高高的天窗倾泻而下。

"哇，好像我们以前的家！"

小实的童言无忌仿佛一根荆棘，刺入了筱田的心中。

起居室兼餐厅里摆放着豪华的真皮沙发等高档家具，面积恐怕不下五十平方米。就连厨房都比筱田家的客厅宽敞。的确，不仅是面积大小，包括房间布局和色调搭配，都和筱田家卖掉的房子有点儿类似。

"这别墅不错啊。"筱田称赞道。

水岛笑着耸耸肩："还可以吧？当然了，不是我的。"

水岛的妻子初音是城市酒店老板的独生女，这栋别墅也是她父亲的财产。水岛本来在酒店大堂工作，后来被初音一眼相中，成了老板的东床快婿，现在是新宿一家酒店的总负责人。

水岛夫妇七年前搬到了筱田居住的街区，那时候筱田与羊子刚刚结婚半年多。筱田夫妻俩在一家餐馆吃饭时，陪同夫人前来的水岛注意到羊子，打了个招呼。羊子婚前曾和水岛在同一家酒店上班，两人是旧识。

他们为这次巧遇惊讶不已。之后四人偶尔一起出来吃饭，羊子和初音逐渐亲密起来，变得有如姐妹。初音是个文静的大家闺秀，尽管长大成人，依然有些大小姐的做派，恰好与脾气好又细心周到的羊子十分合得来。两家分别有了孩子之后，来往便更密切了，羊子与初音经常去对方家里走动。

"你们累了吧，来喝点儿东西，休息休息。"

初音去叫醒儿子，由水岛端来了果汁和冰镇啤酒。羊子本想帮忙准备晚饭，但水岛礼貌地拦住了她，说"你今天是客人"，然后自己在院子里忙活起烧烤的准备工作。水岛生炭火的手法熟练，男人味十足。好奇心旺盛的小实光着脚跃入院子，小真也跟了上去。筱田正笑吟吟地注视着草坪上嬉戏的两个孩子，羊子贴到他的身边，柔声说道："不好意思啊，正是工作忙的时候，还勉强你一起来。"

"没什么……能一起来，挺好的。"

想来，已经有半年无暇这样陪同家人休假了。

筱田大介是一家塑料加工公司的第二代老板。三年前去世的父亲是个能人，不光在日本国内，还在中国开设了工厂，商业版图扩张得相当广。而继承了公司的筱田受到雷曼危机[①]的波及，干得异常艰苦。他的公司历经千辛万苦，终于和大型宅建公司"乃木房屋"签下合同，成功开发出了新型地板材料，可新产品被市场接受尚需时日，初期投进去的贷款已经压得他不堪重负。他不得不卖掉自家房子，缩小工厂规模，但为时已晚。五个

[①]雷曼危机是美国因住宅市场恶化而引发的次贷危机。二〇〇八年九月十五日，美国第四大投资银行雷曼兄弟由于投资失利，在谈判收购失败后宣布申请破产保护，引发了全球金融海啸。

月前,筱田公司开具的支票跳票。自那以来,他每天都在为避免公司破产而四处奔走筹款,过着如履薄冰的生活。

靠羊子介绍的关系,他终于和一位专业处理企业重建的律师签下合同,新产品也即将步入正轨,眼看就要熬出头了。不过,若不是知晓筱田窘境的水岛主动邀约,他恐怕也无法为小真和小实留下这样的夏日回忆吧。

也许这就是所谓的逢魔时①——天边的云彩与群山被夕阳映成绛红,缓缓没入薄暮。眼望着这令人沉醉的景色,耳边传来孩子们的欢笑,感受到身边羊子温柔的气息,筱田不禁陷入怀旧的思绪,觉得自己紧绷的心也逐渐融化了。

正如昼夜转换,夜又复昼的自然循环,自己也必将熬过人生的暗夜,迎来灿烂的朝阳。就算是为了孩子们,我也一定要迎来曙光——

筱田正在暗下决心,背后传来一阵脚步声。他回过头,初音正沿着螺旋楼梯走下来。

看到初音怀里抱着的孩子的面庞时,筱田浑身悚然一惊,仿佛有一只冰凉的湿手抚过脊梁。

他差点儿以为初音抱着的是小真。

不,不可能的。小真现在正在院子里,和水岛开心地说着话,笑着。

尽管筱田理智上明白,但水岛家的独生子和幼年的小真实在太像了。他看着那个男孩越来越近,心中突然涌起一种向后退步的冲动。

"欢迎,筱田先生,好久没见了。来,小理,快喊人。"

---

①天色昏暗、昼夜交替的傍晚时分被称为"逢魔时(逢魔時)"。由于人们相信这时容易遭遇魔物,或蒙受巨大灾祸,因此也被称为"大祸时(大禍時)"。

凑近观察小理的脸会发现，他的鼻梁没有小真那么高，鼻翼略阔，腮帮子还带着点儿婴儿肥。虽然不能说是一模一样，远远一眼带来的震撼稍微减轻了一些，可筱田觉得，那对堪比暹罗猫的杏眼闪闪发亮，还是很像小真。他条件反射地望向妻子，可羊子似乎毫无察觉，只是一面逗着小理，一面与初音聊天。她询问了正在住院的初音父亲病情如何，又安慰说："若有什么需要帮忙的，请尽管说……"羊子脸上挂着一如往常的微笑。

水岛把小理叫了过去，让孩子们挑选烧烤的食材。小真和小理并排坐在烧烤桌前，看起来宛如兄弟，然而水岛和初音对此也没有任何反应。

筱田很想说一句"他们好像啊"，可没有说出口。

筱田上一次见小理还是半年多前。那时候他觉得孩子更像水岛，但孩子的相貌是会变化的。这或许是长时间没见到小理的筱田才有的疑虑也说不定。

这个疑虑就像一根细细的鱼刺，扎在筱田的心上。从轻井泽回来后，筱田再次投入到了昏天黑地的工作中，这事也被忘到了脑后。正在这节骨眼上，初音给他的公司——而不是家里——打来了电话。初音的声音显得有点儿紧张。

"这事请不要告诉羊子……能不能和您见一面？"

筱田把工作安排好，在午休时间特意开车去相隔一站路的初音指定的咖啡店赴约。

"对不起，让你久等了。"

筱田向低着脑袋、坐在靠里面位置的初音招呼道。初音像上了弦一样弹了起来。

"是我不好，在您正忙着的时候喊您出来……"

距离上次在轻井泽的见面相隔没多久，初音的容貌却发生了巨变。

那张总是笑眯眯的胖脸蛋上，腮帮子陷了下去，眼窝下出现了深深的黑眼圈。初音比筱田和水岛大两三岁，现在应该是三十六七岁吧，但看上去比实际年龄老了十岁。她比之前胖了些，宽松款米色裙装的肚腹处胀鼓鼓的。筱田差点儿脱口而出："是有喜了吗？"又慌忙咽了回去。初音素来对自己微胖的体型颇为介意，时常努力瘦身，在她面前可不能随随便便讲那种话。

"筱田先生……那个，我……"

筱田等着她说下去，可初音欲言又止，眼神游移不定，似乎在犹豫。这是头一回与初音单独见面，筱田自己也有些紧张。如果是水岛，恐怕很容易就能缓解对方的紧张情绪，自然地打开话题，可这并非木讷的筱田所长。

初音又嗫嚅了几次，终于下定决心，抬起头来。

"筱田先生，我知道问这种事非常冒昧，可小真他……"

初音以求助的眼神盯着筱田。

"……确实是筱田先生和羊子的孩子吗？"

筱田不禁愕然。初音慌忙低头道歉："对不起。我知道这是非常失礼的话，可是我……"

在轻井泽举办的夏日祭典上，小真和小理身着同款法被[①]，一起参与了抬神轿。看到的人异口同声，对陪在一边的初音说道："这俩兄弟长得真像，太可爱啦。"

"这让我意识到在所有人眼里都是这样的，我已经要疯了……"

[①]法被，一种日本传统服装，在祭典等场合穿着。通常为无扣子的对襟短褂，印有统一的纹样。

筱田心里的那个疑虑也同样在初音的心上生根发芽，成了一块心病。

"毫无疑问，小理是我十月怀胎生下来的孩子。而我们的孩子长得像小真，那岂不是说，小真的父亲也……"

难道初音在疑心，小真的父亲不是我，而是水岛吗？

"你是在怀疑羊子吗？"筱田惊疑地问道。

初音一脸苦涩而窘迫的神情，喃喃说道："我觉得，假如对象是羊子，我老公做出这种事也是可以想象的。毕竟羊子是个像月亮一样的人。"

"月亮？"

"美丽，温柔，又梦幻，让人不忍心放开，但其实内心强大。这种神秘的魅力特别能引起男性的好奇，从而对其难以忘怀……她和我是完全不同类型的……女性。"

说话间，初音的双眸逐渐蒙上了一层泪水。

"你先等等。水岛和我家里那位……偷情，你有什么证据吗？"

"没有。可能是我比较迟钝，没留意到吧。水岛一向温柔体贴，我从来没想过他会偷情。现在想来，说不定正是因为在外面偷情，所以才对我那么体贴。而且，说不定，他们现在就正在……"

羊子本是家庭主妇，半年多以前将孩子交托给娘家照看，自己重新在水岛的酒店开始工作。羊子当时正在找小时工的工作补贴家用，水岛劝她与其在外找短工，不如回到熟悉的环境，工作起来更舒心，便为她安排了岗位。初音大概也是因此起疑。

"筱田先生，我想求您一件事。您一定要牢牢地拴住羊子的心啊。求您了……"

初音的表情终于崩溃，泪流满面。筱田看到她拼命忍住呜咽的悲伤面容，内心也十分酸涩。这几年，他对水岛一家熟悉极了，自然也知道初音对水岛爱得有多深。她的眼神、态度和一举一动，无不洋溢着对水岛的情意。

假如说羊子是月亮，那水岛就是个太阳一般的男人。他会照顾人，稳重可靠，不论是什么场合，只要有他在，都会充满快乐，而且他兼具知性的气质与放浪不羁的性格，广受女性青睐。光凭小真和小理面容相似，初音就产生了水岛与羊子偷情的妄想，这恐怕是她过度害怕水岛的心不再属于她而导致的吧。为了维护羊子的名誉，筱田必须要做出澄清。

"请你冷静地想一想。如果我只有小真一个孩子，而他和小理非常相似，那么小真的父亲有可能是水岛。但是，小真是双胞胎呀。和他一起出生的小实，怎么看都是我的孩子吧？"

初音的一双蒙眬泪眼忽然失去了焦点。她仿佛正在脑海中搜寻小实的脸——那张显然继承了筱田基因的小女孩的脸——尽管小实不在眼前。

"所以，你明白过来了吗？小真和小实，毫无疑问是我和羊子的孩子。而且羊子绝对不会做出背叛我们的事。"

初音的泪水瞬间退潮，有如被沙漠吸干的水分。

"这么看来，你很信任羊子喽？"

她的声音变得平静，干燥得好像随时会碎裂一地。

"那当然得信任了。不信任可不行呀，毕竟是夫妻嘛。夫人您也应该信任水岛先生……"

初音没等他说完，伸手把背包拽到面前，从里面掏出了一个信封。是那种随处可见的白色信封，上面印着水岛初音的名字和地址。

"这是什么？"

"这是从轻井泽回来的第二天寄到我家的。"

初音从信封里抽出一张普普通通的白色便笺,在桌面上展开。

那是一封只有一句话的短信。

"您丈夫的身边,有只'悖德的羊'。"

筱田的目光倾注在"羊"字上,久久未能挪开。

回到公司之后,那封信在筱田脑海里挥之不去,让他心烦意乱。

信上没有落款,便笺上的那句话和信封上的收件人姓名一样,都是打印上去的,无从推测寄信人的身份。

初音似乎认定了,这是有人想要提醒她羊子与水岛的关系。

筱田觉得这封信字里行间都在暗示是羊子单方面地诱惑水岛,透着寄信人的恶意。

不对,那上面只写了"羊",并不见得说的是羊子。

就算水岛有外遇对象,那也绝不会是羊子,一定是另有其人。

初音说,关于到底是谁写的那封信,她心里大概有数。

回家的路上,树丛里突然窜出了一只什么,筱田一惊之下停下了脚步。一只叼着螳螂的白猫从他眼前横穿了过去,那条长长的白尾巴让筱田想起了之前见到的那只白猫。不知那四只不同毛色的小猫,是不是还在灌木丛里蠕动着、争着吃奶呢?筱田脑海里浮现出那四只一母同胞却毛色迥异的小猫,总觉得像是某种不祥之兆。

"为什么同一胎所生的小猫,毛色却大相径庭?你不会连孟德尔定律都不知道吧?"

筱田一门心思想要拭去心中的疑虑，于是专门拜访了在妇产医院工作的表姐聪美。门诊时间结束，聪美穿着白大褂，一边整理病历，一边开始解释初中生物课上学过的孟德尔定律。

"猫的毛色是由显性遗传基因决定的，但其背后还有隐性遗传基因的存在。所以呢，在子代，显性基因的性状和隐性基因的性状出现的比例为三比一……"

对于聪美的解释，筱田能听懂的部分连一半都不到。但不管怎么想，依据遗传定律出现毛色不同的小猫，和小真与小理长得相似，这两件事之间无论怎么想都没联系。

"等一下，你这个人啊，叫人家讲给你听，结果又完全没在听吧？你在耍我吗？"

这位比筱田大好几岁的表姐，还是和小时候一样嘴上不饶人。

"啊，不好意思。我完全没搞懂……"

"和你这家伙有血缘关系，弄得我都要变笨了似的。"

"行了，我走了。"

"走吧，不过还有件事，估计连你都能听懂。"

"还有件事？"

"不是说了嘛，生出不同毛色的小猫的理由可能是同时复数妊娠。"

聪美大概担心筱田的脑子又会跟不上，于是拿了支笔，在桌上的一张纸上写下了这几个字。

"猫和人类不一样，猫一次能释出多个卵子，所以，如果母猫在同一时间段内与好几只公猫交配，那么小猫的父亲各不相同，也是完全有可能的。"

"你说的这个情况，只限于猫？"

"也不是。狗，还有猪，只要是多胎动物……"

"我不是这个意思……假如是人,应该不可能吧?"

聪美先是一呆,盯了筱田好一会儿,然后放声大笑起来。

"什么啊,你这家伙,难不成你对羊子起疑心了吗?妄想妻子有出轨行为,你这是患了奥赛罗综合征①吗?"

聪美和羊子很熟,她促狭地取笑筱田:"看来有个太漂亮的老婆也不轻松啊!"

按照聪美的说法,羊子虽然看起来楚楚可怜,其实是个头脑聪明又工于心计的女人。筱田从来没觉得羊子工于心计,不禁开口反驳。但聪美寸步不让,说:"你看,能让老公有这样的幻觉,正是羊子工于心计的证据。"这话虽然拐弯抹角,但其实是聪美在以自己的方式夸赞羊子。她非常喜欢羊子,经常说羊子嫁给筱田可惜了。

聪美一直单身,她甚至说,以后碰到合适的人要结婚的时候,得借羊子的卵子一用。聪美已经年近五十,卵子不中用了,所以得借一颗羊子的来做试管婴儿。筱田没把这话当真,但据妇产科医生聪美说,她只要有人协助就能办成,在日本虽然不合法,但也有医院在做这样的操作。

"不过小实肯定是你的孩子。倒是小真长那么俊,要说是你的后代,简直让人难以置信啊。"

"小真也毫无疑问是我的孩子!"

筱田突然提高嗓门。聪美愣住了,皱了皱眉头,突然伸手拔下了一根筱田的头发。

"好疼!"

---

①奥赛罗综合征(Othello syndrome),又名"病理性嫉妒综合征"。它是以妒忌妄想为特征,怀疑和指控配偶对自己不忠的一种精神疾病,得名于英国作家莎士比亚的戏剧《奥赛罗》的主角。

他小时候被表姐这样捉弄过多次，没想到一把年纪了竟再一次遭到毒手。

"那是当然啦。你这笨蛋，我开玩笑的。你也好自为之啊，羊子一心一意对你好，也是因为喜欢你嘛。虽然我看不出来你哪里好。还有啊，她不会轻易出轨的。假如被人贴上'偷情妻子'的标签，那可是丢脸极了的事——对于羊子来说。"

聪美经常说，羊子唯一的美中不足，就是她过于在意旁人的目光。

"这个嘛，你也不用担心。她要是真出轨了，肯定不会让你发现的，毕竟是工于心计的人嘛。"

"我……我还是回去了。你挺忙的，打扰了。"

筱田正要提起公文包，却被聪美叫住了。

"你大老远跑一趟，我还是跟你说实话吧。人类也不是没有类似的情况。"

"欸？"

"很少见就是了。"

假如女方排出两颗卵子，而且在可能受精的时期与两名男性性交，两颗卵子分别受精，并且同时成功着床、妊娠，这并非不可能。

据说，真的有外国女子在排卵期与两名男子性交后，生出了两个肤色不同的异卵双胞胎。最近还有一些事例报告，医院在操作试管婴儿时疏忽大意，混入了其他人的精子，导致异父异卵的双胞胎诞生[①]。

[①]在极罕见的情况下，母亲可能怀有不同DNA的双胞胎，即生父不同的异卵双胞胎。这种现象被称为异父超受精（superfecundation），当同一月经周期的两个或多个卵子与不同男性的精子结合时才会发生。

筱田被这个事实击溃了。

羊子生下的小真和小实，居然有可能不是同一个父亲。羊子并没有做过试管婴儿，显然，这不可能是医院的失误。难道说，羊子背着丈夫，同时和水岛发生了关系？

筱田从来没有怀疑过羊子竟然会出轨。

他想当然地认为，羊子不是会做出那种事的女人。两人几乎没吵过架，夫妻关系和睦，羊子也全心全意地为筱田付出了许多。尽管筱田并不认为羊子像聪美说的那样迷上了他什么的，但能做到这个地步，还不是因为羊子对他有感情吗？小真确实长得不像筱田，但要说这就是羊子偷情的证据，他还是感到难以置信。

筱田回到家中，趁着羊子洗澡，偷偷从妻子的包里拿出了手机。为了抹去心头萌生的疑云，他头一回想要偷看妻子的手机，但没能得逞。因为，羊子的手机设置了密码。

初音次日晚上要去见一个可能的寄信人，邀请筱田一同前往。那一整个白天，筱田都对此忧心忡忡，无心工作。

初音到访的地方，是一位这个月刚从酒店离职的水岛的前女下属居住的公寓。循着水岛收到的贺年卡上的地址，他们找到了马渊娜娜的房间。门猛地向外被推开，蹦出一个栗色头发高高盘起、打扮夸张、手提包包的女郎。她碰巧被筱田堵住了去路，眼珠一翻，瞪住他："干什么？"

"马渊小姐，突然造访，实在对不起。你还记得我吗？"站在筱田身后的初音说道。

马渊娜娜瞪圆了眼睛。"负责人的夫人？欸，您怎么会在这里？出什么事了吗？"

"我有点儿事情想问你……你是不是给我寄过信？"

"信？我给夫人您？没，我可没寄过。"

她看起来毫无慌乱之色，如果是在装傻，那实在胆识过人。

当年马渊娜娜曾倾心于水岛，新年聚会时被邀请到初音家里去的时候做出不少大胆举动，比如依偎在水岛身上——这些都是来时的路上，筱田听初音说的。

初音用审视的目光盯了娜娜一会儿，呼的一声长出了一口气。

"马渊小姐，能耽搁你一点儿时间吗？我有些事情想问你。"

娜娜回过神，瞄了一眼手表，说了句"糟了"，皱起眉头。

"对不起，今天不行。我上班要迟到了。"

她话音未落，就风风火火地跑开了。筱田猜想她或许是想躲开这场谈话，但过了一会儿她又折返回来，带着希求之色看向两人。

"你们有话要问的话……可以跟我一起走吗？"

娜娜从酒店辞职后，从事陪酒的工作。她虽然年纪不小了，但颇受欢迎。娜娜将筱田和初音领到店里坐下，没一会儿就被其他桌叫去了。她相当爱喝酒，酒杯迅速见底，但酒量似乎一般，回到筱田他们这桌时，她都已经有些口齿不清了。

"不好意思久——等啦。那个，是什么事来着？"

"马渊小姐，那封信真的不是你写的吗？"

娜娜又斟了一杯酒，摆弄着搅拌匙，微微点头："啊，对，对，是说信、信的事儿。"

她探出身子，问："信上面写了什么？"不知为何，问这话时，她两眼放光。

"既然夫人特意找到我这里了，那么，内容是不是'快跟和马先生分手！'之类的？要是那样的话……"娜娜停住话头，露出高深莫测的微笑，"那一定是其他女人写的啦。"

初音有些吃惊，抬头看着娜娜。"你知道是谁吗？"

"告诉你倒也可以，不过您总该点瓶酒呀！对吧？"

不等初音点头，娜娜就举手唤来了侍应生，点了一瓶唐培里侬香槟王和一份果盘。

"可以吧？夫人，您可是有钱人。啊，不过，就算砸了再多的钱，也还是没能保住意中人的心？哎呀……讨厌，你不要摆出那么吓人的表情呀，这位表哥。"

最后那句话，她是朝眉头深锁的筱田说的。初音向娜娜介绍说筱田是自己的表哥，没讲他的名字，可能觉得暂时不透露筱田是羊子的丈夫比较好。

香槟送来了，娜娜颤颤巍巍地为他们斟了酒，也给自己倒了一杯。

"没想到，竟然以这种形式和夫人喝上了一杯。其实我一直在想，夫人您啊……早死早好。"

面对这句带着笑意丢过来的刺耳诅咒，初音一时语塞。光从娜娜的表情，完全看不出她是喝多了，还是真心这么想。

"事到如今呢，我倒是很可怜您。那个人和夫人您结婚，果然还是为了地位和财产吧？和马先生是个极度渴望成功的人，然而您还是遭到背叛，实在太惨了。"

"水岛出轨了吗？"

"啊？难道不是出轨对象寄来的信吗？"

初音不得不和娜娜解释了一番，信并非来自水岛的出轨对象，而是说水岛身边有悖德的女人，暗示其有出轨行为。娜娜听罢，显得颇为意外，咕哝了一句"原来是这样啊"，便陷入了沉思。

"要是那样的话，寄信的人说不定是浅沼小姐。她应该很记恨负责人。"

"浅沼小姐又是哪位？她为什么要恨水岛？"

浅沼史枝曾在酒店担任前台多年。半年前，水岛一声令下，她被调到了负责客房清扫的部门。"工作很辛苦，要是我肯定马上就不干了。"

娜娜的一席话中，有一处让筱田很在意，他初次开口问道："那个人，为什么被调离了酒店前台的岗位？"

"为什么？那还不是因为负责人发话了，要让其他人来当前台？"

初音似乎也刚意识到这一点，和筱田对视了一眼。

"你说的是羊子小姐吧？筱田羊子。"

假如浅沼史枝被调离原先职位，是羊子重返酒店工作导致的，那么她确实很有可能出于骚扰的目的寄出那封信。娜娜频频点头。她和羊子是同年进公司的。

"你知道吗？羊子回酒店上班，是因为她老公的公司快不行了。"

初音一脸困惑，不禁看向筱田。

"据说婚前还算有钱有势，我听说，羊子让她老公为她花了好多钱呢。"

当时筱田家的工厂如日中天，对羊子一见钟情的筱田送给她大量价格高昂的礼物，最终让羊子堕入情网——这的确是事实。

正因为有这么一段往事，所以有人说三道四，"美女与野兽""羊子是看中筱田家的财产"之类的。但筱田相信，结婚的决定性因素，还是两人被对方的人品深深吸引。

"羊子肯定在唉声叹气，本以为嫁入了豪门，结果跳上的是一条破船。"

筱田气得连话都说不出来。好像是替筱田打抱不平,初音厉声反驳道:"羊子她才不会说出这种话!"

"夫人你也被蒙蔽啦?羊子她啊,可是表里不一的女人哦。在抢男人这方面,她是绝对的天才,大家都被她哄得团团转。"

娜娜将杯中的唐培里侬香槟一饮而尽,突然换上一副怜悯的表情,注视着初音。

"对了,你为什么会觉得信是我写的?喜欢和马先生的女人,可不只我一个哦。"

"还有……这种事?"

"只不过她们不像我这么光明正大。他和夫人你结婚之前,单身的女员工全都暗恋过和马先生呢。毕竟,当时大家都没想到和马先生有女朋友。"

"你说的女朋友……是我吗?"

娜娜露出一副不可思议的表情。"不愧是大小姐,果然思路和常人不同呢。话说回来,和马先生结婚前跟谁交往过,你真的不知情吗?"

"我确实不知道,请告诉我吧。"

"是羊子呀。"

"欸?!"

不禁叫出声来的不是初音,而是一旁的筱田。娜娜讶异地看了他一眼,但筱田仍难掩震惊之色。妻子曾经与水岛是恋人关系——这不啻晴空霹雳。

初音也目瞪口呆,看看筱田又看看娜娜。

"这是真的吗?那么,现在我老公和羊子还……"

"应该还在继续吧?要不然,怎么会雇用前女友?连我都觉得这实在有点儿过分了，所以才从酒店辞职。"

"你说他们俩曾经谈过恋爱，能确定吗？"

筱田语气严厉，娜娜畏缩了一下。

"也不是堂而皇之地公开交往啦。我后来回想了一下，和马先生与羊子有时候会同一天值夜班、同一天休假什么的。"

"光凭这些就断定他们在交往，是不是有点儿简单粗暴了？这只是你的臆想，说不定只是单纯的巧合……"

娜娜摇摇头，脸上浮现出一缕尽在不言中的坏笑。

"有人看到了。"

"看到什么了？谁？看到什么了？"

"就是我刚刚提到的浅沼史枝，她说看到了。她看到和马先生与羊子暗自使个眼色，然后进了空房间。"

"啊？"

"讨厌，这还不懂吗？他们两个把酒店的空房间当成情人酒店的钟点房啦。"

筱田大脑一片空白，一句话都说不出来了。

筱田一回到家，就拽起正在熨衣服的羊子的手，把她拖进了卧室。

他诘问羊子，婚前是不是和水岛交往过。出乎他意料的是，羊子大大方方地承认了。筱田询问的时候还抱着一丝期待，也许是马渊娜娜搞错了，不，他希望是她搞错了——而羊子的态度让他一下子不知所措。

"为、为什么之前瞒着我？"

"也不算是故意瞒着你吧。我就是觉得，要是说出来，你可能会心生嫌隙。"

"你居然能这么若无其事地和交往过的男人一家来往？"

羊子为之前的隐瞒道了歉，并心平气和地向筱田解释说，与筱田相识之前，她就已经和水岛分手了，正因为关系早已结束，所以才能以朋友的心态往来。

水岛没有和羊子走到一起，而是选择与初音成婚，羊子这才抽身而出。

如果是筱田，他大概会对抛弃自己、选择与其他女人结婚的恋人带有不舍或是愤怒，总而言之会怀有比较强烈的感情。常言道，女人比男人更薄情，但情丝难道能如此轻易斩断？

羊子隐约猜到了筱田的心思，补充说："我也曾经有段时间走不出来，但后来，有人拯救了我。"

"是谁？还有别的男人？"

面对勃然大怒的筱田，羊子笑得直不起腰。

"讨厌啦。我说的显然是你啊。"

"欸？"

羊子脸泛红晕，带着一丝羞涩说，她能以平和的心态与水岛往来，正是因为现在的婚姻非常幸福。筱田看着楚楚可怜地凝望着自己的羊子，不由得生出一股怜惜之情。

"你和水岛，真的在婚前就断了关系？"

"那不是当然的吗？我有了你、小真和小实了啊。"

"那为什么……"筱田后半句话没说出口，堵在了嗓子眼，有点儿发烫。

那句话热度灼人，痛得他忍无可忍，所以他终于还是呻吟般地说了出来。"那为什么，小真和小理长得那么像？"

羊子脸上有一丝明显的慌乱，没有逃过筱田的眼睛。那个表情让筱田确信，她一定还有事情瞒着自己。他刚刚还被烧灼的喉管,仿佛被冰水浇透,瞬间冷了下来,让他浑身发抖。他用颤抖的手猛地抓住了羊子的肩头。

"好疼!快放开!"

门缝里有一只羊在探头探脑。筱田吓了一跳,原来是穿着睡衣的小实怀里抱着的毛绒玩具。

"妈妈,你怎么啦?"

筱田这才注意到羊子脸上痛苦扭曲的表情,慌忙放开了手。

"小实,不好意思,吵醒你了?没事儿。"

羊子立刻换上一副笑脸,抱起小实。筱田正想走近女儿,忽地停下了脚步。从小实背后的黑暗里,浮现出一张苍白的脸。是小真。筱田紧盯着他,想从那张俊朗的面容里找出自己基因的一鳞半爪,但最终还是遍寻无获。

第二天早上,筱田刚醒,熨烫好的衬衫、西服和领带已经放在了枕边,玄关处还摆着擦得锃亮的皮鞋。这些事情平常羊子也会做,但在今天早晨都似乎显得有些刻意。

对于小真和小理为何容貌相似,昨晚羊子给出的解释是"他们关系好",把孩子说得和长年相濡以沫的老夫妇一般,还赔着笑说孩子的相貌长大是会变的,也就这几年看起来像罢了云云。筱田虽然想相信这套说辞,可他脑海里已经深深印上了羊子那一瞬间的慌张神色,难以消除。

尽管胸中烦闷,筱田还是不得不出门,拜访专门负责企业重组的律师喜多川的事务所。事务所位于一栋高层大厦的最顶层,功能齐备,高档奢华,宽广的窗户能把美景尽收眼底,但这一切反而给为了筹款疲于奔命的筱田带来了巨大的压迫感。好在,长着两道浓眉的喜多川圭祐笑脸相迎,筱田心中的紧张一下子消散了。喜多川圭祐只要一笑,那两道英武的眉毛便会弯成"八"字,显得非常和蔼可亲。

喜多川三十多岁,作为律师还算年轻,但能力是一流的。他不仅在专业上独当一面,还能设身处地地为筱田着想,理解他的痛处,在严峻的条件下一起努力想方设法,给予支持。五个月前,当筱田公司初次发生危机时,聘用的税务顾问和咨询公司完全不顶事,多亏喜多川理顺了工厂重建的时间表,因此筱田对他怀有最大的信任。

这一天,筱田又从喜多川那里得到不少有用的信息,比如哪些银行有可能同意融资等。多亏了喜多川,他阴霾密布的心情稍稍晴朗了一些。他紧紧握了握喜多川的手,忽然想到,要是向他咨询妻子的事情,不知会得到怎样的答案?自然,喜多川是企业重建专家,不是婚姻咨询师,但这个靠谱的男人,说不定真有什么可以让筱田脱困的良策……

"筱田先生,您怎么了?要是还有什么不放心的,请随时与我商量。"

喜多川诚恳地问道,两道浓眉高高挑起。筱田赶紧摇摇头,向他道了谢,走出了事务所。

自那天起,筱田便开始监视羊子的一举一动。他并非想要寻找妻子背叛的蛛丝马迹,而是在寻找她清白的证据,可这个信念日渐动摇,对羊子的疑念与日俱增。

他本想再检查一次那部上锁的手机,羊子却将其塞在围裙口袋里,片刻不离身,最近甚至连洗澡都带着。

有时羊子说要加班,回家晚,往往水岛那天也回家比较晚。筱田和初音保持联系,确认了此事。筱田还想跟踪羊子,但他忙于公司重建，根本抽不开身，当然也没有富余的资金可以雇用私家侦探。

据初音说，女性开始偷情之后，服装和内衣都会变得更加华美。筱田趁妻子外出，打开了她的衣橱。平时连筱田的内衣裤都是羊子一手打理的，所以他对于东西摆在哪里全无头绪，只好在衣橱里东翻西找。好不容易找到了妻子的内衣，但样式并不特别，他暗自松了口气，同时为自己居然干出这种举动感到难为情，简直想哭。他怀着满腹怒气，重重地关上衣橱的门，不小心震落了放在橱顶的一个提包。他捡起来，正打算把它放回去，却意外发现橱顶的架子有一部分被布盖住了。那块布后面藏着一个小巧的、白色爱马仕手包。

工厂尚红火的时候，筱田给羊子买过不少名牌包包讨她欢心。可是，他完全没有印象买过这个包。

羊子下班回家后，筱田把包拿出来与她对质。羊子一下僵住了，瞪大眼睛，但随即装作若无其事，一如往常地温柔微笑道："怎么了？"

"这个包，是你买的？"

"怎么可能，我才不会这么浪费呢。"

"那么，是谁送给你的？"

羊子将脑袋偏向一边，注视着白色的爱马仕，答道："是初音。"

她说，这是自己去参加高中同学聚会时，跟初音借来的包。

"同学聚会是上个月的事儿吧？这个包为什么还在你这儿？"

"我还包的时候和初音客气了几句，朋友都夸'这个包跟我很配'什么的。结果初音说，这个包她都背厌了，不怎么用，就送给我了。当然，我肯定推辞，但她非说是承蒙照顾的还礼，我坚持不要也不好嘛……"

这个包还是崭新的，怎么看都不像是被背厌了的样子。羊子用娇媚的声音撒着谎。筱田觉得，她的话音后面藏着的是显而易见的心虚和恬不知耻。

"那我可以去跟水岛太太确认这件事喽？"

或许羊子拿准了，筱田会因为自尊心作祟而羞于启齿去问。抑或是她打算对初音花言巧语一番，让她配合自己的说辞。她并不知道，筱田的自尊心磨耗殆尽，而他与初音之间因为同病相怜建立起了某种奇妙而牢固的信任。

"你的意思是说，不相信我的话吗？"

羊子的眼中涌出大颗的泪珠，顺着白瓷般的脸颊滑落。她双手捂脸，哭出了声。如果是往日，筱田一见到眼泪肯定就慌了神，即便没做错什么也会连忙道歉。但是今天，羊子这戏剧性的、恰到好处的泪水，反而让他感到寒心。那暗藏心机、妖艳而美丽的泪人儿，反倒激起了筱田一阵不耐烦的情绪。筱田稳住心神，将那个日夜啃噬内心的疑问向羊子抛了出去。

"小真，是不是水岛的孩子？"

话音未落，羊子好像发条人偶一样，猛地抬起了头。

羊子的表情是筱田前所未见的，看起来既像是震惊，又像是茫然，还有点儿像恐惧。

"原来，你一直把我当成那种人？"

羊子用干涩的声音说道，接着，她以控诉的目光直视筱田。

"太过分了……他们两个当然都是你的孩子，小真和小实都是。"

羊子转过身，肩头抽动。这次她没有出声，只是无言啜泣，微微颤抖的瘦削肩头显得万般无助。筱田略感狼狈，觉得自己可能说错话了,深深伤害到了妻子,胸中充满悔意,伸手抚慰羊子。可他的手还没碰到羊子的肩头,就停住了。

羊子映在窗户玻璃上的脸,看起来好像在笑。

她的嘴角翘起,宛如新月,无声地笑着。

然而很快,涂了珍珠粉色指甲油的纤纤十指便遮住了那抹转瞬即逝的笑意,只有抽噎声传来。

筱田顿时毛骨悚然,只盼是自己看错了。他眼前的这个女人,仿佛并非自己的妻子,而是一个素不相识、酷似妻子的陌生人。

次日,筱田给初音打电话,问了那个白色爱马仕包的来路。初音说,那确实是她借给羊子的。

"因为那个包和羊子穿去同学聚会的连衣裙特别搭。"

筱田松了口气,原来羊子并没有说谎。

"羊子好像非常喜欢那个包,她拿来还给我的时候,还说下次还要借呢。"

"欸?羊子把包还给你了吗?那这个包,现在在你那儿?"

"对,在我家呢。"

果然,那个包并非初音的,而是水岛送给她的?

不知为什么,筱田突然想起了他们正式交往前,他第一次给羊子送礼物的情景。

递上小盒子时,轻触到的那宛如玻璃工艺品般纤细光滑的手指;脑袋微微右倾的羞涩可爱姿态;长发在风中摇曳,散发出的淡淡甜香;打开盒子时睁大的榛子色瞳仁,以及随后露出的如春日暖阳般的笑容……

他不知道,水岛是否也看到了那个曾经让筱田的心融化的笑容……

"我……去找水岛谈谈。"

"谈谈？你打算谈什么，怎么谈？"

听筒里初音的声音变得尖锐。

"问问他和羊子是不是有那种关系。再不确定的话，我早晚……"

我早晚要疯掉的。

"你觉得，他被你这样一问就会老实承认吗？我们都还没有抓到他们偷情的证据。而且，说不定我们一闹，反而让他们两个人更加如胶似漆……"

"那，难道就此坐视不管吗？"

"我……我去见浅沼史枝一面，问问情况。假如被马渊小姐说中，写信的人是浅沼的话，那么她说不定知晓一些我老公和羊子的事情。"

筱田下班后来到一栋高层商务楼的大堂，初音的对面已经坐着一个戴眼镜的女人，表情生硬。她高高挽起的头发在脑后整整齐齐梳成发髻，看起来是个标准的酒店员工，但总觉得有些阴郁之色。

初音看到筱田来了，便介绍说这是她表哥。浅沼史枝站起身，恭敬地低头行了一礼，鞠躬动作优雅，堪称范本。

"怎么样？"筱田问道。

初音摇了摇头。"浅沼小姐说，她没有给我寄信。"

史枝被筱田盯得发毛，不由得挪开了视线。

"不是我。为什么您会觉得是我呢……"

"难道不是你对下令调动工作的水岛怀恨在心，才写了那封信吗?"

史枝盯着筱田,一双眼睛仿佛受惊的小兔子。

"是那种性质的信?我可从来没对负责人有什么怨恨。相反,把我调到不用打交道的部门,倒让我松了一口气……"

"'打交道'是什么意思?比起酒店前台,你反而觉得清扫客房更好?"

史枝可能觉得说了多余的话,停顿了一下,把手提包往自己身边拽了拽。

"我……差不多了吧?我今天不是很舒服……"

"稍等一下。浅沼小姐,可以请你看一下吗?就是这个。"

初音将那封信取出来,展开在史枝面前。

"您丈夫的身边,有只'悖德的羊'。"

看到这句话的瞬间,史枝瞳孔猛然放大,从喉咙深处短促地"嘿"了一声,便呆住了。

"关于写信的人,你心里有没有什么猜测?"

史枝依然盯着信纸,像人偶一样机械地摇了摇头。她本就白皙的脸蛋血色尽失,变成了近乎透明的苍白。

紧接着,她呼吸急促起来,手按着胸膛倒下了。可能是因为呼吸困难,她伸出一只手在空中抓挠着,拼命抓住了桌子的边缘。桌上的茶杯因抖动发出噪声,与史枝喉咙里含混而可怕的声音叠加在一起。她喘息着,全身颤抖不已。初音拦住慌慌张张正要叫救护车的筱田,从自己的包里掏出一个纸袋,扣在史枝嘴上,同时摩挲着她的背部。

"没事的。慢慢吸气。对,做得对。你没事的,马上就好。"

史枝一边痛苦地反复呼、吸,一边求救似的抓紧了初音的胳膊。

店里的员工见状,前来探问,初音告诉店员和筱田,这应该是过度呼吸综合征,不必担心。她掏出手帕,为史枝拭去汗珠。

"我对这个有经验。"

"夫人您也?"

筱田以意外的眼神望向初音。

"很痛苦的。当时觉得自己就快要死了。"

初音说得果然没错,过了片刻,史枝的呼吸渐渐平稳了下来。

史枝拿开嘴上的纸袋,缓缓支起上身。初音关心道:"你没事了吗?"史枝双眼湿润,还有几分迷离,但已经可以说话。她哑着嗓子说了声"对不起",并行了一礼。

"不,我才应该说对不起,都是我不好……"

史枝听到初音的道歉,眼神里浮现出了掺杂着困惑和怜悯的感情。她摇摇头,道了谢,然后长长叹了一口气。

"我真的什么都不知道,关于这封信。"

"但是,"筱田忍不住插了一句嘴,"你为什么看到之后会那么震惊?"

"因为,悖德的羊……"

史枝低头看了一眼桌面,又挪开了视线,好像那封信是某种不祥之物。

"你不知道这是谁写的,但是知道这说的是谁,对吗?"

史枝被初音问得一惊,眨了几下眼睛,仿佛听到了一个出人意料的问题。

"是谁?这不是写得清清楚楚吗?羊啊……这是在说羊子吧?"

听到这个名字,筱田脸上的肌肉一阵抽搐。

"你会这么想,是因为我老公和羊子现在还保持着那种关系吗？"

"那我就不知道了。我不想和她有任何交集。"

"什么意思？你和羊……你和筱田羊子，到底是什么关系？"

筱田的质问语气让史枝畏缩了，多亏初音好言相劝，她才迟疑着开了口。

"她比我晚一年进公司，有段时间，我们三个人关系特别好……"

"你说三个人，是指你、羊子和水岛吗？"初音问道。

史枝摇摇头。

"不是的，是千子……九鬼千砂子。她和我是同年进公司的。我们三个人加上水岛，四个人出去喝过几次酒……大概只有我们知道他们两人在交往的事。"

"水岛和羊子？"

史枝又摇了摇头，说了句出人意料的话："不是的。当时和水岛交往的，是千子。"

初音瞪大了眼睛。

"不是羊子，是九鬼千砂子？她现在在什么部门上班？"

史枝避而不答，换了个话题。

"那个……大老板的身体怎么样了？"

"啊？你问我父亲是吗？他病情还算稳定，但毕竟年事已高，目前可能还没法出院。"

史枝应了句，神色黯然，沉思片刻，带着胆怯的眼神恳求道："您答应我，可千万不要告诉羊子这些话是我说出来的。"

初音点点头。史枝便带着惴惴不安的神色，断断续续地讲了起来。

"九鬼千砂子，就是和水岛先生交往的那位，在上学的时候曾被评为校花，是个大家公认的美人儿，两个人在一起很是般配。"

两人的交往顺风顺水，可有一天，水岛忽然将千砂子弃之不顾了，据说是因为误会她和别的男人发生了关系。千砂子受到极大打击，精神状态一度濒于崩溃，好不容易有些起色，史枝却目击了羊子搂着水岛的腰，步入酒店客房的一幕。得知此事后，千砂子向史枝吐露："我是被羊子坑了。"因为水岛怀疑她的出轨对象，正是羊子的一个朋友。

"事后千子向羊子对质，羊子却勃然大怒，说：'你无凭无据，为什么要诬赖我？'后来，千子为了与水岛复合，拼命收集了不少证明自己被羊子陷害的证据……"

筱田听到此处，不由得疑心：会不会是这个叫千砂子的女人，为了报复羊子而写了那封匿名信？

"如果她还在酒店工作的话，请你把她叫来吧，那个叫九鬼千砂子的。"

不知为何，史枝瞪圆了眼，用细不可闻的声音答道："我办不到。"

"今天不行的话，明天也可以。"

"明天，后天，都不行！"

史枝莫名激动了起来，继而又低声说道："九鬼千砂子，她……消失了。九年前，她向公司请假去了外地，说是找到证据了。但这一出去，就再也没回来，下落不明了……"

筱田愣住了，和初音面面相觑。

"后来我们怎么都找不到人，去报了警。警方认为，她被卷入案件的可能性很低，只把她登记成了失踪人口。因为之前千子精神就不大稳定，所以大家觉得她是在失意之中，离家出走了……"

唯有史枝知晓内情，怀疑羊子牵扯其中。她去质问羊子，羊子声称自己一无所知。史枝并不相信她的说辞，但正当她意图揭开羊子的秘密时，身边接连发生了诸多怪事。

"在工作的地方，有人恶意传播关于我的流言。比如我讲了同事的坏话，还有我和熟客打得火热。"

琐碎的流言一件件堆积，最终改变了她周围的环境，史枝遭到了同事的孤立。而回到家里，竟有不认识的男人每天拨数十通电话骚扰她，内容猥亵下流。似乎是因为史枝家里的电话号码被发在了网上，还配上了带有挑逗意味的词句。

这些小动作积少成多，史枝受到的精神压力也与日俱增，终于因为身心疲惫而住院了。因为骚扰电话一事，她和丈夫之间闹得很不愉快，导致她不得不独自照顾幼子。她出院重返职场后，便与羊子断绝了来往。

"虽然我还是很挂念千子，但又不能辞掉工作……"

"你有什么证据可以证明这些恶意骚扰都是筱田羊子干的？"筱田问道。

史枝摇了摇头："没有。我没有证据。但是——"说到这里，她停住了话头，用求助的眼神望向筱田和初音。

"当我放弃了在羊子身边寻根究底，那些骚扰也就戛然而止了。"

筱田一句话也说不出来。他觉得羊子不可能做出那种事，可是……

尽管他极力想要否认这个念头，脑海里浮现的却是羊子那张倒映在玻璃上的、扭曲的笑脸。

"我丈夫也没有努力搜寻那位的下落吗？虽说分手了，但毕竟是前女友啊。"

"我说的话，他都没有听进去。水岛先生那时候正对羊子意乱情迷。所以一年后我听说水岛先生和夫人您结婚了，而不是和羊子，我很是吃惊。"

"你的意思是说，他们两个人的关系……结婚后还在继续？"

初音苦着脸问道。她脸上血色尽失，苍白程度不亚于刚才的史枝。

"那我就不知道了。我和您说这些，是希望夫人您不要落到千砂子那样的境地。"

"你是说，被羊子小姐夺走水岛？"

"我想，距离最后期限的时间已经不多了……"

"什么最后期限？"

"孩子要出生了。羊子丈夫的公司，就快不行了吧？"

筱田在心中怒吼道："现在已经脱离困境了！"但这话能传得尽人皆知，难道正是羊子在四处宣扬吗？

"她是不是念叨过，说是泥舟渡海？"

"泥舟？你说羊子？她可不会说这种有损自己形象的话。现如今，她在周围人的眼中，是一个为家庭兢兢业业工作的好妻子、好妈妈，她可为此陶醉呢。"

"陶醉？"

"她是个非常在意自己在别人眼中形象的人。另外，别看羊子现在这样，其实非常看重金钱和物质，她绝对忍受不了清贫的生活。这点她自己比谁都清楚。"

"你说的这些，和那个……"初音探身询问，"所谓孩子出生的最后期限，有什么关系？"

"羊子怀孕五个月了。而她重新在酒店开始工作，正好是半年前吧？她肚子里的孩子，真的……真的是羊子丈夫的吗？"

筱田和初音同时语塞了。两人一直以来避而不谈、假装不存在的箱子盖，被史枝毫不留情地挑开了。

"你是说，那是水岛的孩子？"

初音声音嘶哑，略带颤抖。

"我没有任何实据。但我觉得，羊子回来上班，难道不是为了和丈夫分开，与水岛先生破镜重圆吗？若是如此，从泥舟跳上豪华游轮，还怀着'泥舟'的孩子……羊子可不会做出这么没头脑的事。她精明得很呢。"

面对陷入沉默的筱田和初音，史枝仍然滔滔不绝。

"夫人，您可得留神了。大老板要是……要是与世长辞了，夫人您又出个好歹，大老板的财产就全都是水岛先生的囊中之物了吧？"

若是在往常，筱田大概会忍不住出手揍人了，但今天，他连还口之力都没有。也许是因为他的心里怎么都抹不去妻子那张映在黯淡的玻璃上的、形同陌生人的笑脸。

对于筱田而言，唯一的安慰是初音并没有完全听信浅沼史枝的说辞。

她说，要直接找羊子细谈。两天后是羊子的休息日，但不巧那天筱田有个推不开的工作——和公司最大的客户、房地产商"乃木房屋"的商务会谈。初音说，也好，有些话还是女人之间说起来比较方便。

羊子收到初音邀约，提议难得休息，不如带孩子一起去附近的自然公园。于是那天早上，初音开车来到筱田家。

筱田在门口送走妻儿，只用眼神和初音无声地交换了信息。

小理坐在婴儿座椅里，向筱田挥手道别。自上次在轻井泽一别，他的脸庞看起来和小真愈发相似了。

筱田到公司没多久，就接到乃木房屋方面的联络，说很抱歉，会谈因故要临时取消。筱田犹豫了一下是否要赶去自然公园，但眼前的工作仍旧堆积如山。他心想，还是交给初音好了。处理了几项事务之后，他又拜访了金融机构，以寻求新的资金源。

正当他在一家非银机构办事的时候，塞在胸前口袋里的手机振动了起来。是羊子打来的。

"现在在工作，我过一会儿……"

后半句"再打给你"还没说出口，就被羊子惊惶的声音打断了。

"孩子他爸！怎么办？"

羊子的慌乱之情溢于言表，筱田浑身打了个激灵。

"怎么了？发生什么事了？"

"那孩子，掉进池塘了……"

"池塘？是小实吗？还是小真？……没事吧？喂！羊子！"

筱田隔着电话，连声对惊慌失措的妻子喊道。

他急急火火地赶到医院，羊子正候在大厅，两眼红肿。

"小实在哪儿？小真呢？"

羊子呆呆地伫立着，默然无语。筱田疯了似的抓住她的手，急切地摇晃着。

"小实和小真怎么了？他们在哪儿啊？"

羊子终于开口了，声音嘶哑，几乎听不到："在家。"

"在家？"

"我请妈妈把他们带回去了。"

"啊？真的吗？他们俩真的没事吗？"

筱田大出了一口气，瘫倒在地。在赶来的路上，他全心全意地祈祷，希望自己的孩子平安无事。当然不仅仅是小实，小真也是一样，如果可以，他甚至愿意替他们去死。他这才切切实实地意识到，他们俩都是自己钟爱的孩子。

"那你为什么在这里？掉进池塘的，是……"

筱田望向羊子，她哇的一声掩面痛哭起来。

"都是我不好……都怪我……"

筱田赶忙奔向ICU。在ICU门口，水岛正揽着初音的肩膀，他察觉筱田来了，抬起头。

原来掉进池塘的，是小理。

水岛轻轻拍了拍初音的肩头，似是抚慰之意，接着站起身，来到筱田身边。

据他说，小理被送到医院的时候，心肺功能已经停止了。但经过心脏按压、气管插管和施予药剂等一番紧张的抢救之后，他终于恢复到了不需要人工呼吸机的状态，但意识仍未恢复，情况严峻。

筱田向水岛深深鞠了一躬。

他刚刚从妻子的哭诉中知晓，小理坠落池塘，正是初音去上洗手间，临时拜托羊子帮忙照看小孩的空当。羊子一时没留神，小理就从公园的广场跑开，掉进了池塘。刚才还在为自己孩子的安危提心吊胆的筱田，比谁都理解水岛和初音心中的苦痛，心揪得紧紧的。

筱田走到初音面前，想对她表达歉意，但见到她的表情，不禁惊诧万分。

初音的眼中没有泪光。不仅如此，她的脸上甚至没有一丝生气，没有一丝感情，白纸般的面孔像亡灵，又像废人。筱田胸口隐隐作痛：初音一定是伤心、惊惧过度，反倒阻断了一切思维，这才像是丢了魂儿一样。原来，害怕失去独子的母亲的脸，就是这样啊。面对悲怆的初音，筱田一时不知如何开口。

从他的身后传来一阵响动。原来是羊子。她抽泣着，顺着走廊步履蹒跚地走来。她到了筱田身边，扑通一下双膝跪地，对着初音和水岛深深地低下头，刘海几乎擦上了油毡地板。她从喉咙深处挤出来一丝声音，喃喃道："对不起。"

"对不起。对不起。对不起。对不起。对不起。对不起。对不起。对不起。对不起。对不起。对不起……"

可能是羊子喃喃如念咒般的声音终于传到了初音的耳中，初音的脸色发生了些微变化。虽然其表情依然如废人一般纹丝不动，但她的眼睛——准确来说应该是微微张开的瞳孔——却因恐惧而战栗起来。

初音扭开身子，似乎是要避开羊子，却失去平衡，跌坐在了地板上。水岛见状想扶起她，却被她一把推开了。初音紧紧地盯着羊子，全身僵直。筱田看着初音全身对羊子散发出的拒绝信号，以及眼神里闪烁着的怯意，他的脑海里产生了一个可怕的念头。

初音，恐怕产生了疑心。

她可能在疑心，小理并非偶然失足落水，而是被人推下去的。

之后，羊子身体不舒服，卧床休养了一段时间，一时令人担忧是否有流产风险，好在后来终于恢复健康。

筱田每天都会替羊子来医院看望小理。他仍未恢复意识，小小的身体上连着大量的管线，昏昏沉沉地睡着。

初音一直陪伴在小理身侧。和那天一样，她既不流泪，也不说话，只是用无神的双眼注视着自己的孩子。筱田向她搭话，她也几乎毫无反应。初音虽然活着，却好像行尸走肉一般。筱田觉得，和他在医院碰到的其他病患相比，初音的病似乎严重得多，每天都在啃噬着她的身心。筱田看到初音的样子，总会泛起一抹对于羊子的疑念，积在他的心底。

那一天，羊子和初音带着三个孩子在自然公园内设有儿童游乐设施的广场玩。初音将小理托付给羊子之后，去了位于公园入口附近的洗手间。据羊子说，初音离开广场没多久，小实便想从荡秋千的小真前方穿过，结果两人撞在一起，跌坐在地大哭起来。羊子赶紧跑去查看，确认小实并无大碍后终于放下心来，结果一回头，刚刚还在附近的小理不见了踪影。

筱田瞒着羊子，带着小真和小实去了一趟自然公园。

小理落水的池塘离广场有一段距离，他试着走了走，大人都要走三分钟。这并非三岁小孩力不能及的距离，但小理为什么会跑到那么远的地方去呢？是不是追逐小猫什么的，入了神才跑了那么远？若是莽撞的小实，倒是很有可能。可小理和小真一样，属于极其谨慎小心的孩子，就连爬滑梯的台阶，都是一步一步小心翼翼地，让人看着着急。

筱田试着让小真和小实还原了一下当天广场上发生的事情，估计羊子分心照顾小实、没有注意小理动向的时间，顶多一两分钟。据说羊子发现小理不见了，立刻让小真和小实待在广场不动，自己向池塘方向跑去了。

至于之后发生的事情，筱田已经反复向妻子询问过了。

羊子边跑边呼唤小理的名字，但在通往池塘的唯一道路上未见人影，池边也没有见到小理。于是她折返，向从洗手间回来的初音讲明了原委。初音依旧对池塘放心不下，于是自己顺着羊子走过的路去了池塘，结果发现她的孩子漂浮在池面上。

这里有个疑点。恐怕初音也发现了这一点。

既然广场通往池塘仅有一条路，羊子作为一个成年人沿路奔跑过去，怎么会追不上三岁的小理？然而她抵达了池边，却没见到小理的身影。

筱田走在那条路上，暗自思考：小理会不会躲在了羊子看不见的角落？比如大树的背后、高高的草丛中，或者池畔的小木屋里？但即便如此，羊子那时还叫着小理的名字，他不太可能没听见呼唤声。

那么，为什么小理没有在羊子面前现身，导致羊子没找到他呢？

如果，这一切都是谎言呢？其实，羊子在途中发现了小理。

假如她没有领小理回到广场，而是抱着他走到了道路尽头的池塘，并把小理推了下去。

筱田慌忙拂去了这个可怕的念头。

羊子受到了警察的讯问，陈述了事情原委。适逢工作日，这座公园游人稀少，没有人在路上或池边目击小理或羊子。根据警方判断，这是一桩意外，所以理应不存在什么引发杀人未遂嫌疑的疑点吧。说到底，羊子是不可能干出杀人这种事的。

筱田带着孩子回到家中，发现羊子躺在床上，额头密布汗珠，似乎被梦魇住了。长长的黑发被汗水打湿，紧紧贴在她白皙的脖颈上，看起来好像某种具有自我意识的奇异生物。羊子胡乱摇晃着脑袋，似乎想将什么赶走。筱田俯视着她，心中按捺下去的惶惑又升了起来。

将小理推入池中的，不可能是羊子。

然而，羊子有抹去小理的动机。

明年，小理就要上幼儿园了。可以想象，假如有更多人见到这个孩子，一定会有人讶异小理和小真竟然如此相像。

如聪美和浅沼史枝所言，羊子非常在意自己在他人眼中的形象，故而也极其害怕损害自己形象的事情发生。对在众人眼中立起贤妻良母这一人设的羊子而言，万一传出红杏出墙的丑闻，一定是个巨大的屈辱。假如小理就此消失，那就再不会有人穿凿附会地猜测和小理容貌相似的小真父亲是谁这个问题了。

筱田惊觉，自己会这么想，是不是受到了马渊娜娜还有浅沼史枝所说的话的影响？

筱田伸出手，想替妻子拂去汗珠。突然，羊子惊叫一声，从床上弹了起来。她可能刚从噩梦中惊醒，盯着筱田的面孔，眼神里充盈着怯意，浑身颤抖。筱田本想问问她梦见了什么，却没敢开口。

那天夜里，筱田一直留意睡在身旁却背对自己的羊子，怎么都睡不着。每每他稍有睡意，小理的身影就会浮现在眼前。小理站在自然公园的池塘边，他那双极像小真的眸子注视着筱田，仿佛有什么话想说。筱田想喊"别靠近池塘"，却发不出声音，身体也动弹不得。他每次从这种焦躁的心境中惊醒，都急得汗湿全身。这样反复多次，梦境与现实的界线渐渐模糊起来，即便人醒着，也恍如在梦中一般，摆脱不了那种喘不过气的压抑感。也不知是第几次，他看见小理身边有一个穿制服的警官，俯身在小理耳边悄声说了些什么。小理点点头，仰起脸，环视四周，接着笔直地指向了筱田。筱田一惊，条件反射般回头一看，背后是一张再熟悉不过的脸。原来小理指着的人并非筱田，而是想要藏在筱田背后的羊子。

筱田浑身发抖，瞪圆了眼睛。在一片昏暗中，浮现出一个女人的身影，正俯身盯着他。那女人和羊子有些相像。这可能还是在做梦吧——女人伸出手，递给筱田一张纸。女人的手和纸张一样白，在黑暗中看起来散发着妖异的光芒。筱田触碰到那只手，一个激灵，清醒了过来。那只手有着正常的温度。他眼前的女人正是羊子，递到他手上的纸是一张离婚登记申请表。

他不解其意，茫然若失。

筱田麻木而疲惫的脑海里，首先涌起的是一阵愤怒：莫非她是要和我分手，跟水岛过日子吗？可羊子哭诉道："这样下去，我会觉得对不起小理和初音。小理变成这样，都是我的错，我怎么有脸继续过自己的幸福生活？"

她的理由不光是这些。羊子似乎已经觉察，筱田正在小理一事上怀疑自己。尽管筱田让孩子们保密，但很有可能小真或是小实说出了去自然公园现场勘察的事情。

"就算是为了你，我们也还是离婚比较好。"

羊子提出要带着孩子们回娘家去。筱田始料未及，不知如何是好。尽管他确实对羊子有疑心，但从来没有考虑过离婚。

那天，他怀抱着失去爱子的恐惧朝着医院疾奔之际，小真与小实两人自出生至今的点滴记忆如洪水般涌上心头。于是筱田想通了。毫无疑问，小真是他的儿子。即便羊子过去犯过错，小真也是他的孩子，羊子是他的妻子。他将来也要守护家人的生活，像往常一样，一家四口，不对，加上即将到来的新生命，一家五口生活下去。

"不管发生什么事，我——我都不会和你分开的。"

就算羊子与小理的意外有关。

* * *

要是时光能够倒转，回到和羊子去水岛的别墅之前该多好啊。

筱田这个看似不可能达成的愿望，居然出人意料地实现了，尽管形式略有不同。

第二天上班路上，筱田背后响起了高亢的汽车喇叭声。他转过身，发现表姐聪美正坐在一辆满是划痕的沃尔沃的驾驶座上，向他招手。筱田走近那辆车身坑洼不平、无声控诉着车主野蛮驾驶的沃尔沃，聪美从车窗里伸手，扔给他一个A4大小的信封。

"什么啊这是？"

"这是你现在最想要的东西吧？我托朋友查了一下。"

筱田不明所以，拆开了信封，里面装着一份DNA亲子鉴定报告。

报告书上"父权概率99.999%"几个字跃入眼帘。

"这说明……"

"说明小真的确是你的孩子。"

"等一下，你是怎么查的？我可没被你采集过唾液——"

话说到一半，筱田想起来了。之前碰面时，聪美拔了他的一根头发。

"至于小真呢，我可没下狠手，只是假称检测感冒，用专用棉签在孩子口腔里刮了一下，就弄到了细胞。"聪美颇为自得地说道。

"这……绝对不会有错吗？"

"99.999%没错的。快谢谢我吧！多亏了我，你才没杀了苔丝狄蒙娜呀！"

"苔丝狄蒙娜，那又是什么玩意儿？"

"是被丈夫怀疑不守贞节，结果被杀的奥赛罗妻子啊。而且后来奥赛罗知道妻子是无辜的，于是自杀了。这是一出彻头彻尾的悲剧。我这回可算是救了你一命吧？下次，得请我吃大餐哦。"

聪美抛下这句话，猛踩了一脚油门，开着她那辆破得让人不忍直视的沃尔沃，一溜烟就没影了。

自打在水岛的别墅遇见小理，筱田身边仿佛笼罩了一层浓重的迷雾，而今云开雾散，豁然开朗了起来。"小真，是我的儿子。"他难以抑制心中泛起的喜悦，三步并作两步，跃上了车站的台阶。

筱田去公司之前，顺道去了一趟医院。初音依然如同木偶一般毫无表情，但几天前开始能回答别人的问话了。筱田一开始也曾犹豫，觉得小理尚未苏醒，是不是不该和她讲这些。但他又一想，小真并非水岛的孩子这一事实，应该也是个能让初音振奋的消息。

初音带着空洞的眼神，对低头致意的筱田略点了点头。筱田发觉，自第一晚之后，他就从未见到水岛出现过，也许是因为两人探望的时间错开了吧。

和筱田的预想相反，初音似乎对DNA亲子鉴定结果并不是很关心。她应该听明白了，但只咕哝了一句"是吗"，便扯开了话题。

"已经……晚了。"

"什么晚了？"

"我之前拜托你的事啊。请你尽力把羊子的心拴住。"

"你说的'晚了'是什么意思？"

"我和小理，要被水岛抛弃了。"

筱田问她为什么这么想，但初音没有接茬，又换了个话题。

"我在书房里找到一个上了锁的抽屉，是那个人的藏宝箱。你知道里面都是什么吗？"初音问道。

她的眼神淡漠，嘴角却奇怪地扭曲着，看起来好像在笑。

"那里面装的全都是羊子写给他的信，还有纪念品。然后呢，昨天，那个抽屉空了。"初音用一种平静的语调淡淡地说。

她认为水岛一定是带着抽屉里的宝物，准备离家出走了。今天的初音与往常不同，被什么附体了似的，语气有些小孩子气。筱田心中生出一层寒意，推说自己还得赶去上班，打算告辞。

初音追问道："你知道现在羊子在哪儿吗？"

"她在上班。她和我说今天要上班的。"

"骗人。羊子现在应该在家呢，和水岛在一块儿。"

"啊？"

"错不了。我刚才听见那人给羊子打电话了。浅沼说得一点儿没错，他们俩想赶在孩子出生之前重归于好呢。"

初音定定地看着半信半疑的筱田，冒出来一句："亲子鉴定，做都做了，怎么不给肚子里的孩子也做一个……"

和初音谈过话，筱田满心的雀跃之情不翼而飞。

他给家里打了个电话，没有人接。相对于羊子的事，他其实更担心初音现在的精神状态。

他朝公司赶的路上，以防万一还是给羊子工作的酒店打了个电话。他掏出手机，心想如果羊子接了，关心一下她的身体就好。没想到他刚准备拨号，手机就响了——是负责财务的部下。他以极其沉痛的语气汇报：乃木房屋破产了。

筱田奔向喜多川的事务所寻求帮助。他事先没有预约，差点儿吃了闭门羹，万般恳求下，这才见上了喜多川。

乃木房屋是筱田公司最大的客户，其业务占了筱田公司总销售额的四成。假如来自乃木的资金链断裂，公司账单就要面临逾期。筱田想，至少得把自己公司交出去的货物追回来，于是他赶赴乃木房屋的仓库。正当他想撬开卷帘门时，安保公司人员赶到，他被抓了一个现行。

喜多川脸上两道粗粗的八字眉一如既往地弯着，笑容可掬。看到这张脸，筱田才感到宽慰。他已经通过秘书告知了乃木房屋破产一事，他相信喜多川一定有办法，可以拯救公司于水火。喜多川向筱田确认了几个问题，接着数次离席，打了几个电话弄清楚状况，然后在筱田对面落座。

"你能筹到三百万左右的日元吗？"

"三百万……现在暂时没有那么多，但如果用这些钱可以避免连环破产的话……"

"不，你误会了。很遗憾，三百万日元是办理破产所需的费用。"

"等一下。我可绝不能破产。需要钱的话，我可以和亲戚、小额融资机构借……"

"还是别了。"喜多川正色阻止道。他的眉毛已经不是八字的形状了。"以现在这种状况勉强维系下去，会将你身边的人都扯进泥潭。筱田先生，为你自己的东山再起着想，我认为，事到如今，还是当机立断为好。"

筱田全身瘫软。有人告诉他该走了，但他无论如何都站不起来。

他不记得自己是怎么回去的了。等到回过神，他已经来到家的附近。该怎么和羊子解释呢？他拖着沉重的脚步，正要拐上通往家门的小径，远远看见一个男人从房子里走了出来。是水岛。筱田大吃一惊，呆立在原地，紧接着，他猛地奔跑了起来。"等一下!"他喊道。但对方好像没听见,或是假装没听见。等他跑到家门口,视野里只剩下那台高级轿车远去的背影。

他强忍住怒火,悄悄地打开屋子大门,发现鞋柜上面赫然放着那个爱马仕的手提包。筱田努力忍住了把它摔落在地的冲动。

这栋托朋友介绍租来的独栋小楼并不大,一楼和二楼各有两间房,一眼就能看到头。意识到羊子不在楼下,筱田退回到玄关,打开手提包。里面有钱包和手机,他猜测羊子大概想和水岛前后脚出门。他想把手机拿出来,忽然感觉手背碰上了一个什么东西。他用手指在包的内袋掏了一下,不禁愕然。那是一枚钻戒,就是艺人在订婚发布会上戴在左手无名指广而告之的那种。戒指的内侧刻着缩写"K to Y"。水岛和马(Kazuma)致羊子(Yoko)[①]。

一阵马桶冲水声传来,筱田这才回过神。看来刚才羊子确实和水岛在一起。

他无暇掩饰脚步声,冲上楼,打开了卧室的门。早上本已叠好的被褥,有一床又铺了开来,上面有凌乱的痕迹。

他茫然地望着这一切,只听背后传来了羊子的声音。

"怎么了?这时候回来。"

羊子瞪大了眼睛。虽然她穿着家居便服,但妆容明显比平时精致一些。

"你才是,在干什么呢?"

"干什么……"

话还没说完,羊子注意到筱田手上拿着的提包,便顺手拿了过去。

---

① K 和 Y 可以是"和马"与"羊子"日语罗马字拼写的首字母。

"我去上班来着,感觉有点儿不舒服,就回来睡了一会儿。"

羊子若无其事地笑着,堂而皇之地撒谎,筱田脑子里绷着的那根弦一下子断了。他抓住羊子的胳膊,将她拖倒在地。羊子手中的提包被甩开,里面的钱包、手绢和手机散落一地。

"疼死了!你别这样,宝宝……"

"是谁的孩子?"

"啊?"羊子盯着筱田的眼神一凛,但旋即换上一副浅笑,"那还用问,当然是你……"

筱田将攥在手心的钻戒伸到羊子眼前,她顿时说不出话,脸色变得很难看。

"这、这是什么?你可能误会了……"

筱田伸手扼住羊子雪白的脖子,让她住嘴。他气得浑身发抖,扼住纤细脖颈的手也不住颤抖,指尖扫在羊子家居服的布料上,发出干涩难听的声音,仿佛某种昆虫振翅而鸣。可能是因为听见了这声音,本来哭丧着脸的羊子忽然一咧嘴,看起来好像在笑。

筱田脑子里嗡嗡作响,有一个声音在脑海深处斥骂着羊子,怂恿着筱田。他被那个声音推动着,将身体的重量压到了羊子脖颈上。羊子的大眼睛圆睁着,浮现恐惧之色。她挣扎着,但无论如何都无法摆脱筱田。他将左手也按了上去,更紧地扼住了羊子的脖颈。

这时,传来一阵惹人心烦的嗡嗡声,筱田全身一震,停下了动作。

羊子的手机躺在地板上,不停振动。筱田松开掐紧羊子脖子的手,羊子剧烈地呛咳起来。她边咳边伸出手,想拿手机,却被筱田打了一拳。筱田夺过手机,翻开手机盖,屏幕上显示的是水岛的名字。筱田按下接听键,没有说话。

"我是水岛……"

电话里,水岛听起来和往常不同,有些心急火燎。

"刚才和你讲的事,都按说好的办妥了。我马上去接你,麻烦你一起跑一趟。"

"羊子不会去的。"

可能是被筱田的声音吓了一跳,电话对面的人似乎艰难地咽了一口口水。

"筱田先生?羊子……小姐在吗?能不能让她接电话?"

"你想搞什么?不许再打电话来了!"

"为什么?啊,不行,没时间了,筱田先生,和你说也行,麻烦你转告她。"

筱田目瞪口呆,心想:这家伙是把我当傻子吗?但水岛接下来说的话,大大出乎他的意料。

"小理恢复意识了。"

"欸?小理吗?真的吗?"

水岛告诉筱田,苏醒后的小理讲了一些很奇怪的话。

他说自己不是掉进池塘里的,而是被人推下去的。

筱田闻听此言,不由自主地看了一眼正抚着喉咙、蜷缩在地上的羊子。他颤抖起来,这次不是因为愤怒,而是因为恐惧。

"小理他说了没有?是被谁……推下去的?"

"是啊,就是这事儿……"

水岛长长地叹了一口气,接着说道。

"他说是妈妈。所以,初音被警察带走了……"

这个意想之外的名字让筱田大吃一惊。初音作为母亲,怎么可能杀害小理?

"如果这是真的，恐怕会给羊子小姐添麻烦，我这才打了电话。"

"为什么会给羊子添麻烦？话说回来，初音她怎么可能把自己的孩子推到池塘里呢？"

"因为……小理虽然是初音生的，但并不是初音的孩子。"

水岛吞吞吐吐，终于憋出来这么一句话。筱田花了很久才搞懂其中的含义。

水岛初音因涉嫌杀人未遂，被正式逮捕了。

当被问及为何对亲生孩子痛下杀手时，初音坦白了个中缘由。

原来，水岛理的确是初音十月怀胎生下的孩子，但和她没有血缘关系。

初音患有早发性闭经，体内不能产生卵子。她通过体外受精，怀了水岛的孩子，而卵子的供体，则是在初音百般恳求下终于答应的羊子。

初音第一次找羊子商量这件事，正是四年前。羊子理解她的痛苦，但她觉得若是与筱田商议，一定会遭到反对，于是决定私下提供卵子。羊子忠实地遵守了她与初音的约定，没有向任何人透露。

小真与小理面貌酷似，并不是因为小真是羊子与水岛的孩子，而是因为小理脱胎于羊子的卵子。

生下小理的初音为了表达对羊子的谢意，为羊子重返职场多方奔走，就在那时，她知晓了水岛和羊子曾经交往的传言，心生芥蒂。随着调查深入，她发现水岛将羊子的信件和纪念品珍藏在抽屉里，意识到水岛至今仍对羊子念念不忘，不禁大受打击。

提议在羊子居住的街区买房的，是水岛；强烈希望由羊子成为卵子供体的，也是水岛。

深爱着水岛的初音，不得不亲手养育小理——水岛与其深爱的女人的孩子——她的精神平衡日渐难以维系。

水岛爱的是羊子。他向往的，是与羊子和小理一起，过上有血缘的真正的家庭生活。

我不过是个拦路石，总有一天会被抛弃。

绝不能让这一切发生。我必须尽力而为。

在自然公园，初音正要去洗手间，听见小实的哭声传来。她循声望去，和正在一个人玩的小理四目相对。被扭曲的心理驱使，钻进牛角尖的初音招手唤过小理，抱起他奔向池塘，冲动地想将其丢进池中。可是，小理对初音毫无保留的信任让她不忍心下手，一度要放弃。

紧接着，她发觉羊子一边呼唤小理的名字一边跑来，便和小理一起藏身于池畔的小屋，躲了过去。那时，止欲答应羊子呼唤的小理露出笑容，出现羊子的脸的影子。在初音眼中，小理的身上似乎暗藏了一个微笑的羊子，要对水岛施加诱惑。她害怕极了，极力想要消灭掉那个威胁自己幸福生活的肮脏女人，终于，她将自己怀中的那个小小身体抛入池中。

写有"悖德的羊"的匿名信，出自初音自己的手。爱马仕的手提包也如羊子所言，是初音送给她的，那么藏在里面的钻戒，恐怕也是初音的杰作了。

水岛身边的悖德的羊，正是罪孽深重的初音自己。

尽管如此，筱田也无法怪罪初音。因为筱田和初音一样，都成了妄想爱侣不忠的奥赛罗。要不是那时水岛碰巧打来电话，筱田说不定就把无辜的羊子掐死了，就好像对苔丝狄蒙娜下手的奥赛罗那样。

＊　＊　＊

转眼之间,夏天说来就来了。

羊子想,一定是因为这段时间发生了太多事情,如惊涛似骇浪,人被推着走,一眨眼日子就滑过去了。

两年前的夏天,一家人也在这片高速休息区逗留过。

小真和小实个子长高了,笑脸依旧,两人像小狗崽儿一样缠着爸爸,争着要玩滑索。

羊子望着家人,心中感慨万分。心灵上受的伤,果然时间是最温和的解药。

当然,也有所变化。那时候还是四个人,现在已经是一家五口了。羊子调整了一下婴儿车的遮阳罩,以免太阳晒到熟睡的孩子两道俊朗的浓眉。

那时候怀在肚子里的孩子如今已经平安降生,是个男孩,和爸爸很像,起名叫"相"。这个名字是爸爸起的,他说"相"这个字有相互扶持的意思。

爸爸的工作一帆风顺,我们一家人和那时候相比幸福快乐多了。

虽然花了不少时间才从差点儿被杀的恐惧中走出来,但没有那件事,也就不会有现在,也算因祸得福吧,她想。

毕竟,要不是那个人做出那么出格的事,他恐怕也不会同意分开吧。

羊子招呼说:"来吃便当吧!"三人争先恐后地跑了回来。

一如往日,小真和小实吃的是熊猫面包,递给爸爸的则是涂满黄芥末酱、夹着烤牛肉与水芹的三明治——这是他的最爱。

三人一起咬了一大口,异口同声:"太好吃啦!"笑逐颜开。

看起来简直和真正的父子一样。

小相被声音惊醒。他可能还没睡够,伸出小手,揉着惺忪的睡眼。

"今年去了轻井泽,等明年小相两岁了,夏天一起去夏威夷的别墅吧!"

喜多川微笑着,两道浓眉弯成了八字。他抱起小相,孩子展开一模一样的浓眉,看着爸爸咯咯笑了起来。羊子见了也不禁展颜微笑。

她伸出左手,遮住夏日阳光,喜多川送给她的钻戒迎着日光闪耀,熠熠生辉[①]。

[①]喜多川圭祐,日语罗马字拼写是 Kitagawa Keisuke,首字母是 K.K.。

无眠夜之羊

我刚才好像在数羊。

我记得数到了九百九十九只却依然无法入睡，只能仰望着昏暗的天花板。我裹紧薄薄的被子，叹了口气，接着从第一千只开始数起。可不知怎的，我现在站在了那栋灰色房子的前面。

我怎么会在这里？这明明是我最不愿意靠近的地方。

我刚想逃走，背后响起了一个女人的笑声。

我吓了一跳，停下脚步，回头望向灰色的房子。那笑声略带鼻音，好似有一丝嘲讽的意味，和那个女人的声音像极了。可是屋里没有亮灯，紧闭的窗户后面也没有人影。

是不是幻听了？

很久没能好好睡一觉了。我很可能会因为失眠而一步步走向崩溃。

不，刚才我又听见了。这次是说话的声音。真的听见了。

声音不是从房子里传来的，而是街对面公园的方向。伴随着鸣虫寂寥的歌唱，我断断续续地听见一个女人的声音。耳中虽然只能分辨出女人的声音，但她似乎是在和别人说话。

她是在和那个人说话吗？

一想到这里，我的脚就不由自主地朝公园迈开了步。

和那个人在一起的日子里，我从未被失眠困扰过。他入睡快得惊人。躺在床上，我会问他："明天早饭想吃点儿什么呢？"他则曼声应道："这个嘛……"当说到"嘛"这个音节时，便有均匀的呼吸声传来了。

我喜欢他睡着的脸。在公司，他工作出色而自信，也有细腻的一面，略带羞涩的笑容在不少女同事眼中魅力十足，对我来说却有些难以接近。而当他熟睡时，那俊朗的面容就变得有些孩子气。那张由我独享的、不设防的脸，让人越看越喜欢。

我认真地想过，若能一直注视他睡着的脸，就算不睡觉也是值得的。可是，当我真的一直盯着，眼皮却不知不觉开始打架，最终一边感受着他的温度，一边沉沉睡去。

于我而言，他睡着的脸与体温，就是一剂温和且不带副作用的安眠药。若是有他在身边，现在的我也一定能睡着，一定不必忍受这样的痛苦，而能迎来幸福的早晨。

然而……

我走到公园入口，女人的话语声戛然而止。取而代之，传来了吱嘎吱嘎的刺耳声音，在晦暗的公园里不绝于耳。

那女人——须藤明穗——在那儿。

她叼着一根烟卷，跨坐在深红色的羊上。那只羊是公园里的儿童玩具，每当明穗像孩子似的晃动身体，下面的弹簧便发出吱吱嘎嘎的嘶鸣。话说回来，我好像见过明穗和小女儿一起玩这个玩具。明穗的女儿与小时候的她简直是一个模子里刻出来的，丝毫找不到孩子父亲的遗传痕迹。

附近看不到那个人的身影，公园里也没有其他人。刚才是明穗在自言自语吗？我的视线被袅袅青烟吸引，这才注意到旁边的长椅上放着一个烟灰缸——不是便携式的，而是店员休息室里有的那种挺沉的玻璃烟灰缸。以前在这里碰见明穗时，她是用空啤酒罐来装烟灰的。与公园格格不入的玻璃烟灰缸里，烟头堆积如山，刚才也许还有别人在这儿逗留过吧。我凝神观察，在明穗骑着的羊玩具旁，斑马玩具还在微微晃动。

明穗大概是喝多了，两手握住盘旋的羊角，不停地晃着。她背对着我，我看不见她的表情，但她的样子有些像是以蹂躏那只羊为乐。

一阵风拂过，明穗的长发飘起。我担心她叼着的烟卷上的烟灰掉下来，便拿起长椅上的烟灰缸，朝她走去。

就在这一瞬间，体内的睡意与恶心感仿佛羊角一般打着转翻涌起来，我身体一晃，险些跌倒。我捂住嘴巴，好不容易才站稳，跟跟跄跄地朝明穗走去。我哑着嗓子唤了她一声，可她并未察觉，只是一个劲儿地蹂躏那只羊。吱嘎，吱嘎，我的声音被羊的惨叫声盖住。我停住步子，蹲了下去。

那只羊就是我啊。无论如何挣扎都无法逃离半步，只能忍着痛苦，哀哀地惨叫。就算回到家，我也一定睡不着觉。明天，后天，大后天，这样的痛苦恐怕将无休无止。白天我焦急地渴望天黑，却又无比惧怕夜幕的降临。这样的日子将日复一日，没有尽头。恐惧将会主宰我模糊的意识。

吱嘎，吱嘎，吱嘎，吱嘎。

快停下。这只羊就是我，我至少得把化身为羊的自己救下来。

我站起身，将举得高高的烟灰缸瞄准那女人的后脑勺，砸了下去。

一声钝响与羊的惨叫交叠在一起。烟灰飘散如雾，我慌忙闭上了眼睛。

羊的悲鸣声止歇了。我战战兢兢地睁开眼，只见明穗仍骑在羊身上，身体扭成一个不自然的角度，一张沾满血的脸朝向我。她看起来仿佛想说些什么，但并没有驱动口唇，只是一言不发地倒下，两眼盯着我，倒栽葱一般倒在了地上。

我在一动不动的女人身边弯下腰，掐灭了从她口中掉下来的烟卷。很奇怪，我心中毫无惧意，日常昏昏沉沉的脑袋忽如云开雾散，出人意料的清醒。

公园树丛里的桂花散发着甜美的香气，仿佛在发出"快来，快来"的邀约。我拽起明穗软绵绵的双臂，将她拖进树丛深处。她很瘦，身体却不轻。半路上，她身上穿着的那件有点儿像夏威夷长裙的斑马花纹睡裙还被树枝钩破了。那件衣服看起来特别像我妈喜欢穿的那种，有点儿老气。虽说就在家门口，但明穗毕竟是当过模特的人，穿成这样，到底是要和什么人碰面呢？

桂花深处，花落无声，凋谢的花朵覆满地面，有如一层淡橙色的地毯。就在这片浑然天成的宝地，还插着一把不知是谁遗落在沙坑的小铲子。我挖呀挖，用手捧出挖松的泥土。今天傍晚下了点儿雨，湿润的土壤比想象中硬得多也重得多，要想挖出足够埋一个人的坑，恐怕得花很长时间。甜香的气味直冲鼻腔，麻醉脑髓。摄取了人类血肉精华的桂花，又会散发出何样芬芳呢？

胳膊开始变得无力，腰也疼了起来。我喘了口气，擦了把汗，思忖着。

今天晚上，我可以睡个好觉了。

远远地，有铃声传来。

她掀开薄被，翻身跳了起来。这里是熟悉的自己的房间。

原来是梦。

她对于自己竟然睡着了这一事实略有些吃惊。睡了多久？大汗浸湿全身，黏糊糊的。她伸手关掉闹钟，钟的指针刚过六点。

小室塔子赶紧跑下楼去，冲了个澡。好不容易睡着了，却做了一个令人生厌的梦，弄得身心俱疲。

话说回来，真是个可怕的梦啊。可怕倒也罢了，还栩栩如生的。就连挥动烟灰缸时的冲击感、无力下垂的胳膊的触感，还有混杂了橙色花朵的土壤那湿润而香甜的气息和沉甸甸的重量,似乎都变成了身体记忆。

她好不容易赶在七点之前打扫完店内卫生,陈列好了报纸,准时开门迎客。

这是一家位于距离市中心两小时车程的偏僻街区的便利店,不过在早晨上班上学的时间段,还是颇为忙碌的。今天打工的尾贺联系说要迟到,塔子忙得团团转,根本无暇回味那个令人毛骨悚然的梦。等到客流终于减少,一脸倦容的尾贺宏树才姗姗来迟。

"对不起啊,我睡过头了。"

尾贺迟到可是稀罕事。塔子追问,他才讪讪地回答:"昨天,我联系不上女朋友了……"

"尾贺君交女朋友啦?"

"是啊。不,那什么,没什么。那个,今天就塔子你一个人吗?夫人呢?"

这家店直到九年前为止,都是塔子的父母在经营。父亲过世前尾贺就已经在这里打工了,所以管塔子的妈妈叫"夫人"。

"好像有点儿不舒服,今天让她休息一下可以吗?"

"欸,真的吗?那你早上可忙坏了吧。对不起啊,真心的。塔子你去歇着吧,我去给饮料区上货。"

尾贺二十七岁了。他为了去海外旅行,一直兼好几份打工的工作,等攒够了钱,就奔赴某个塔子听都没听说过的国家,浪迹天涯。他一休长假,便利店的排班就变得紧紧巴巴。但尾贺脑筋灵活,工作卖力,还很招母亲静子的喜欢,静子简直对他视若己出,所以只得临时招其他短工,填补他不在时的空缺。

今天母亲不在,塔子也无法休息,于是她开始做炸鸡块和炸土豆饼，为午市做准备。她一边炸，一边观察店内的动静。早上没来，不过，明穗今天应该也会来的，而且她一定会和往常一样大肆炫耀，炫耀从我这里夺走的、与文彦的幸福婚姻。

一开始，与须藤文彦约定成婚的，不是明穗，而是塔子。

塔子与文彦相识于两人以前工作的公司，一家位于大手町的网页制作公司。塔子被文彦的才华与认真的工作态度深深吸引了。文彦是一名优秀的设计师，塔子从他身上学到很多。随着两人共事时间渐长，尊敬逐渐变成了某种特殊的情愫。文彦不仅性格温柔，而且能接受塔子不足之处，并给予支持，塔子对他的思慕之情越来越深。可是，那时文彦不仅已婚，而且有孩子。就在她已经几乎断了念想，觉得再怎么被恋情所苦都不会有结果的时候，文彦对她说了这么一番话。

"在希腊神话里，男人和女人被创造出来的时候，是背对背连为一体的，后来才被宙斯分成两半。于是，其中一半为了追寻完整，就会不停地寻找最适合自己的另一半。我丢失的另一半……"

文彦停了下来，凝视着塔子，旋即难为情似的低下头，故意以不带感情色彩的声音继续说道。

"应该就是塔子。"

据文彦说，当年妻子热烈追求他，后来又怀了孩子，他出于责任感才与她领证结婚。但很快他就发现，对方并不是最适合自己的另一半。他说是为了女儿才努力维系婚姻，然而现在邂逅了塔子，即便就这样生活下去，他也无法带给家人幸福了。文彦将胸中的苦涩倾吐而出。

文彦说到做到。他向妻子提出了分手。尽管要和女儿分离一定给他带来了切肤之痛，但文彦还是为了塔子，开始与妻子谈判离婚事宜。

塔子一想到文彦的家人，心中就会升起自责之念，然而当历经千辛万苦，终于等到文彦的求婚时，二十九岁的她还是不禁流下了欢喜的泪水。

她本以为这下终于可以和命中注定、独一无二的爱人长相厮守了，于是带文彦见了父母，但这份近在咫尺的幸福遭到了父亲的阻挠。

性格严谨的塔子父亲，不答允她与文彦的婚事。

他说："年纪相差十岁，还拖家带口，我女儿绝不能嫁给这种男人。"

其实离婚事宜已经谈定了，女儿由前妻抚养，抚养费和赔偿金的问题也已谈妥，结婚本身并无任何实质阻碍，但犟脾气的父亲就是不许。他绝不同意独生女儿做出第三者插足这种事，把自己的幸福建立在他人的痛苦之上。显然，他也绝容不下那个令自己女儿落到如此境地的男人。

塔子本以为，就算父亲反对，她的母亲——曾被人揶揄"和女儿好得像姐妹俩似的"的母亲——总会支持的。当她向母亲求援时，母亲却说文彦的眼睛很吓人。她说，和那种眼神的男人在一起，绝不会幸福。作为一个比谁都关心女儿终身幸福的母亲，她决定亲自为女儿挑选适合的对象，还拿来了一堆相亲对象的照片。

文彦三番五次上门拜会，低声下气地恳求塔子父母。塔子看到心高气傲的文彦为自己做到这个地步，自是十分感动。但无论文彦如何展示诚意，都没能软化塔子父亲顽固的态度。

走投无路的塔子扬言要断绝亲子关系，决绝的态度令父亲非常震惊，差点儿就妥协了。这一回，跳出来阻拦塔子的是母亲。

她说，她笃信的占卜师也说那个男人一定会令她女儿陷入不幸，所以她绝对不会答应这门婚事。她声色俱厉地指责文彦："都是因为你这家伙，让我家女儿变了！"被劈头盖脸痛骂的文彦用愤恨的眼神瞪了塔子母亲。

"就是这个眼神，你看见了吗？塔子，你看到他的眼神了吧？这个人疯起来，可保不准会做出什么事情，太危险了。与其让我眼睁睁看着女儿和这种人在一起遭受不幸，还不如让我去死！塔子你要是敢走，妈妈这条命就要算在这男的头上！"

母亲耍起小孩脾气，用近乎无赖的说辞威胁塔子。

塔子被这种无谓的争吵折磨得精疲力竭，回去的路上和发小明穗碰了个面，在明穗的要求下向她介绍了文彦。明穗知晓了两人的遭遇，对塔子甚为同情，说一定会支持他们的感情，可后来……

来找塔子摊牌的，不是文彦，而是明穗。

塔子并不恨文彦。他忍受了半年多空虚又屈辱的日子，一而再再而三的登门求情有如苦行，如果塔子还恨他，是会遭报应的。然而，她绝不会原谅摆出一副善解人意的面孔靠近却最终夺走一切的明穗。两个月后，文彦被一家位于关西的大型制作公司挖走。趁着调任之机，他与明穗结婚，搬去了神户。

那之后没多久，塔子的父亲突发疾病，溘然长逝，她满腔的怒气忽然失去了目标。那团找不到出口的黑火在塔子心里翻来覆去，闷闷地烧灼至今。

塔子从那时开始失眠，但直到不久前还属于可以靠吃药来入睡的程度。自从明穗回到这片街区，就连吃药也不管用了。半年前，明穗与文彦带着女儿一同从神户回来，到娘家与母亲一起住。

文彦在东京青山创设了自己的公司，早出晚归是常态，与每天晚上十一点就关门打烊的塔子几乎没打过照面。偶尔遇见他，那清亮的双目，还有高中时在棒球队里锻炼出的结实身板，都和十年前毫无二致，引得塔子心中大乱。文彦从没来过店里，可明穗频频造访，和塔子大聊特聊她的幸福婚姻，就像小时候炫耀塔子家里没给塔子买的玩具娃娃一样。

"我跟他说，从我娘家出发呢，去公司来回要四个小时，可辛苦了！结果文彦说，爸爸去世了，就剩妈妈一个人了对吧？所以呢，不用担心我，你多替妈妈考虑就好啦！文彦真是太善解人意啦，我果然被爱得太深了呀。"

塔子无言以对，而大大咧咧的明穗以沙哑而难听的烟嗓笑着说道："塔子你呀，还是赶紧找个合适的人结婚吧。"

大概就是这句话触动了塔子的某根神经。

"早上好啊，小室。小室？"

塔子回过神来，发现面前站着一名微胖的男子，塌鼻梁上架着一副圆框眼镜。他是曾经担任这家店督导员的丸冈幸弘。

"啊，早上好。对不起，我走神了。"

"你看起来挺累的啊。情况怎么样？"

"还行，托您的福。"

丸冈貌不惊人，但在营销咨询方面着实有两下子。塔子在运营便利店时，从他那里学到很多。

"我看销售额在不断增加嘛。"

"啊，那主要是因为附近那家超市闭店了……"

"不，不完全是这样吧。从各种细节都能看出来，你们也下了不少功夫。"

丸冈环顾店内，对货品的陈列赞赏有加，还拿起贴着折纸小狗的手绘商品标牌端详一番，不时满意地点点头。他本人固然没有开玩笑的意思，可看起来像极了摇头晃脑的大头娃娃，惹得尾贺憋住笑，假托扫地溜了出去。

"那个，您今天有什么事情吗？"

"没什么，我路过附近，顺道来看看。"

丸冈被提拔到公司总部，已经不再负责塔子店铺的片区了，但仍然时不时地来看一看。

"那，既然一切都顺利，我就告辞啦。"

"啊，好的，麻烦您特意跑一趟了，您慢走。"

刚目送丸冈，尾贺就跑回来了。

"塔子小姐，你听说了吗？丸先生的老婆跑了。"

"是吗？"

"据说他老婆丢下年幼的女儿，跟别的男人跑了，可真是苦了丸先生。话说回来，他老婆的心情我也不是不能理解。"

"你这些八卦都是从哪里听来的？"

"什么哪里不哪里，大家都知道啊。已经是半年多之前的事情了。话说回来，你怎么会不知道？塔子小姐，你对其他人也太不关心了。"

这时，外面传来一阵警笛声，声音在附近停下了。两人面面相觑。

"着火了？"

"不对，应该是救护车。消防车是'呜——呜——当——当'才对。啊，说起来，今天的饭怎么办啊？"

"我没什么食欲，等客人不多了你就先休息吧？"

"啊，不是，不是说我自己。"尾贺指指二楼。

便利店的楼上，是塔子与母亲的居所。

"要不，我弄点儿什么吃的给夫人端上去？"

"啊？哦……不用，不用。等她肚子饿了，自己会起来的吧。"

她的声音不由自主地高了一些。

"欸？莫非你们吵架了？"

不愧是老员工，尾贺一下看出了端倪。

"昨天稍微拌了两句嘴。"

"真的？那可少见啊。啊！所以夫人才又闹罢工了？"

近年有几次，母亲一闹脾气就撂挑子不干了。她本来就有几分小孩子脾性，随着年岁渐长，这倾向反倒愈发明显。比如打工小妹不听母亲指挥，或是母亲觉得明明没错却被顾客抱怨，这种小事都会惹她不高兴，继而躲在屋里闭门不出。

这次母亲不来工作的原因，既不是打工小妹，也不是顾客，而是塔子。

昨天晚上，塔子向母亲说明了。

她说，她有一个考虑结婚的对象。

母亲听闻此言，高兴得手舞足蹈，好像自己被求婚了一般。可听清了对方的名字后，她立马就沉下了脸，说出一番大出塔子意料的话。

父亲死后，塔子与母亲两人相依为命，好不容易走到今天。尽管她有时会想将在胸中堵了十年的闷气撒向母亲，可当她看到那个踮着脚、往货架上陈列饭团的瘦小身影，就什么话都说不出口了。

即便如此，昨天塔子还是没克制住，提高了嗓门。母亲的一句话，令她一直以来憋在胸中的浑浊情感越过了水位线，一泻千里。母亲一定也很惊骇，一向顺从的塔子居然大肆宣泄情绪。现在塔子也在暗自反省，是不是有些操之过急了……

随着一阵音乐声，自动门开了，老主顾唐泽夫人扭动着丰满的身躯走了进来。

"欢迎光临，感谢您一直以来的照顾。还是要炸鸡块吗？"

"今天不是二十个，是四十个哦。"

"啊？"

"讨厌，可不是我一个人吃哦。我家儿子昨天回来了。"

唐泽夫人的儿子在别的城市上大学，离家独自生活。

"他最近常回来嘛。"

"就是啊。工作都还没找到，光顾着和这边的朋友鬼混到半夜，真不让人省心啊。"

往日每次儿子回来，唐泽夫人总是喜气洋洋的，但今天不知为何略显疲态。"炸鸡块四十个，您久等了。"尾贺递给她一只大袋子，眼中含着笑意。他暗中给唐泽夫人起了个外号，叫"唐扬夫人"[①]。

塔子操作收银机时，外边又传来了警笛声。一辆闪着红灯的车从店门口横穿而过。刚才的警笛好像也是警方的车。警车一辆接一辆，还有好多人随着车跑了过去。唐泽夫人手里提着炸鸡块刚出店门，叫住一个认识的商店老板，问道："等一下，出什么事了？"

"可不得了，听说在那边的羊之丘公园发现一具尸体。"

塔子的心脏宛如突然有了自己的生命，不受控制地狂跳起来。

"尸体?!"唐泽夫人声音也尖得变了调。

[①] 日式炸鸡块日语写作"唐揚げ"。

"就在身边发生的事儿，会吓一跳吧。死了的是田中家的明穗啊。就是那个，带着老公和女儿回来了的那个……"

商店老板的说话声、鸣响的警笛，还有看热闹的人群骚动声——这些包围着塔子的声音突然一下子都消失了。

那应该是个梦啊。我可没有杀死明穗。

她下意识地看向自己的手。下厨前她应该仔细地洗过了，即便如此，指甲缝里还嵌着一点儿泥土。她凑近闻了闻，上面有些铭刻在梦境记忆里的甜香，湿润芬芳。

她本来是不想出席明穗的守灵仪式的。

然而，作为住得近在咫尺的发小，塔子不出席反而显得奇怪。她必须尽量避免这种惹人生疑的行为。

电视新闻说，明穗是头部受到钝器重击而死的。

难道说，那个将烟灰缸砸向明穗脑袋的动作，并非存在于梦境，而是她亲手实施的吗？

九年多来，塔子一直在心中诅咒明穗去死，甚至在脑海中动了无数次手，可她完全没有真的杀了明穗的感觉。然而，她的手至今仍留有玻璃烟灰缸拿在手中沉甸甸的感觉，还有将其对准脑袋砸下去时震麻了手臂的冲击力，余韵尚存，清晰可辨。

自从靠安眠药都难以入睡以来，她已经丧失过好几次记忆了。

有时她发现开店准备已经全部做好，自己却全无印象；有时则是端坐在设备前正准备订货，却发现有以自己的名义发出的订单；还有一次，她在一张商店街恳亲会合影里看见自己与母亲的身影，可全然不记得出席过，不禁汗毛倒竖。尽管如此，她还是认为这种感觉大概类似于醉酒醒来不记得是怎么回家的，却能准确无误地铺好被褥睡觉——肯定是睡眠不足导致意识模糊，整个人处于一种半睡半醒的状态吧。

难道说，那天晚上也是如此？像梦游症患者一样出了门，在没有意识的状态下将公园里的明穗杀死了？若是这样，一定在某些地方留下了痕迹。

塔子打开鞋柜，不禁瞠目结舌。她在梦中穿着的那双运动鞋沾满泥泞，还有无数橘色小花瓣遍布鞋底。

塔子快要抓狂了，但仍强装平静，参加了明穗的守灵仪式。

她在来宾签到簿上写下名字，走近敬香台，一眼就看见了文彦，他正陪在哭成泪人的明穗母亲身边。

身为丧主的他忍着泪水，强打精神。塔子看在眼中，爱怜之意油然而生，与妒忌之情交织在一处，心潮澎湃。她想和文彦说点儿什么，却嘴唇颤抖，语不成声。她向遗属席位方向深深地施了一礼，眼神没有对上遗照里明穗的眼睛，就匆匆结束了敬香。

塔子刚打算离开殡仪馆，身后有人叫住了她。

"谢谢你能来。"

塔子一听到声音就不由得僵住了，动弹不得。她回过头，映入眼帘的是文彦那张令人怀恋的脸。他没有继续往下说，只是用红肿的眼睛直直地盯着塔子。塔子觉得，两人之间不需要更多话语就能心意相通。

不知对视了多久，远处传来别人呼唤文彦的声音，这才把两人拉回现实。

"我得走了。"

"文彦，我……"

"嗯？"

"没什么……我什么都能做。只要是我能帮得上的。"

文彦微微颔首，脸上浮现出一抹落寞的笑意，便匆匆回去了。尽管只有短暂的交谈，但他特意追上来本身就足够令人欣喜了。塔子站在原地，凝视了那个背影许久。

"塔子，好久不见！"

她的初中同学梨本真弓等一群人，一边招手一边凑了过来。

"真没想到明穗会发生这种事情，我们吓了一跳，马上就赶来了。"

"塔子你和明穗关系挺好的，一定很震惊吧？你还好吗？"

大家口中都在追思明穗，却没有人流泪。聚在这里的五个人都结了婚离开本地，这次久别重逢，心情可能有点儿类似参加同学聚会。

"欸，刚才和你在一起的是明穗的先生吧？塔子，你和那个帅哥老公也挺熟的吗？"

刚才毫不掩饰的感情流露果然还是被人看见了。塔子有些慌张。

"明穗总是显摆她和老公多么恩爱，那到底是不是真的啊？"

"嗯……你怎么会这么问？"

"我在想，到底是谁杀了明穗啊？这种乡下地方，不大可能是杀人狂随机作案。明穗作为一个家庭主妇，要说会卷入什么纠纷，那也只能是个人生活问题了吧？她老公看起来挺招人爱的，如果是老公在外面偷情……"

真弓停住，盯住塔子。

"那出轨对象应该有杀害明穗的动机。"

真弓似乎话里有话，眼睛深处的笑意弄得塔子心里发毛。

"欸，塔子你应该心里有数吧？关于谁是杀害明穗的凶手。"

背后冷汗涔涔而下。她们是在怀疑我吗？

"说不定正相反，出轨的不是老公，而是明穗呢？"

"真的假的，不会吧？不过明穗确实是挺有男人缘的类型，也有可能。"

被逼无奈的塔子只求脱身，不由自主地说了一句："说不定是这样。"

"欸？不会吧，真的？明穗在外面有人？然后她向塔子你坦白了？"

"啊……不，不，也不是直接听她说的……"

塔子一时词穷。真弓自顾自地说了下去："啊，是啊，塔子家是开店的，各种消息灵通得很呀。那你知道对方是什么人吗？"

"唔……那我可就……"

真弓等人叽叽喳喳，已经断定那个出轨对象就是杀害明穗的凶手了，塔子终于得以脱身，长舒了一口气。

她本以为，只要明穗不在了，她就能睡个好觉了。

可是，安稳的睡眠似乎离她更远了。塔子蜷缩在被子里，内心充满自责之念。

不该对真弓她们多嘴的。

明穗和文彦的婚姻幸福美满，她是绝不可能出轨的。如果真弓把这话和警方说了，警方找过来问话，自己又该如何应对？

是不是应该向母亲坦白呢？告诉她，杀死明穗的说不定是我。

塔子半坐起身，回想起大前天和母亲的对话。

当她向母亲说可能要结婚了，母亲宛如在听外语，两眼直愣愣的，好像没听懂她在说什么。可几秒钟后，母亲脸上就绽开了笑容，猛地一下抱住了塔子。

"真是的！有了心仪对象，怎么不早点儿跟我说啊？是什么时候开始交往的？妈妈完全没发现。你还瞒着我，太过分了。啊，但是真是太好了，妈妈总算放心了。啊，对了，得和爸爸汇报一声。爸爸一直都惦念着塔子，知道了肯定开心得要掉眼泪了呢。"

母亲说话比平常高了半个调子，碎碎地念叨着，刚要动身去父亲的牌位前，突然叫了一声"哎呀，讨厌"，笑了起来。

"都怪妈妈不好，光顾着自己唠叨，最重要的事情都忘记问了。我实在太开心了，都手舞足蹈起来了，哎呀，真是的。你看我，开心得眼泪都出来了。"

母亲拿起桌上一块擦手布按了按眼角，接着用晶莹闪亮的双眸望向塔子。

"然后呢？"

"欸？"

"真是的，我问你对象呀。对方是什么样的人？"

"哦，是妈妈你认识的人。"

"欸？"

母亲做了一个表示震惊的动作，夸张得有如蹩脚演技。

"是妈妈认识的人……不会吧！真是的，难不成……"

母亲的眼睛瞪得溜圆，充满期待之色。

"是宏树？是不是尾贺宏树啊？"

她双手捂住嘴巴，浑身乱颤，演技堪比荣获奥斯卡的女演员。最后讲到尾贺宏树名字时，音调激昂，仿佛女高音独唱，声震左邻右舍。

莫非，母亲真心希望我和尾贺宏树成亲，继承这间店铺？

塔子突然有些可怜母亲，心里涌起一阵冲动，差点儿想顺水推舟回答"嗯，对啊"。但是，母亲再怎么中意尾贺，自己也不可能和他结婚的。就算塔子有这个想法，尾贺对她这个大一轮的姐姐也一定敬谢不敏。

"妈妈，对不住，不是他。"

塔子一边在心中默默为未能满足母亲心愿而致歉，一边毅然决然地开了口。

"我打算结婚的对象是……丸冈先生。就是当过我们店铺督导员的，丸冈幸弘先生。"

母亲又摆出刚才那副仿佛听到外语的表情，好似在解一道极难的方程式，拉长脸，皱起了眉头。接着，她突然高声笑了起来。

"丸冈先生，你说的是那个丸冈先生？哎呀，你别开玩笑啦！"

母亲笑个不停，而塔子一语未发。大概母亲终于意识到这不是玩笑话，也沉下脸，不作声了。她的表情与十年前塔子把文彦带回家时毫无二致，塔子觉得自己好像在看当年的场景再现视频。

"得了吧。"母亲嗓音低沉，简直像换了个人，"那人有老婆和孩子吧？而且，年纪也比你大得多吧？"

"他和老婆已经离婚了。孩子我还没见过，是一个快四岁的小女孩。他四十岁，和我差不多。"

丸冈头发稀疏，看起来显老，但其实只比塔子大一岁。若论年龄差距，可比塔子和文彦小得多。

母亲歇斯底里地揉搓着引以为傲的长发，夸张地大大叹了一口气，说："为什么啊……为什么偏偏是丸冈？你啊，每次、每次都是这样……"

莫非她的意思是说，每次都带些不成器的男人回来？可事实证明，当年母亲极力反对的文彦，是个为了照应明穗妈妈甘愿与老人共同生活的顾家好男人，这点母亲心里也清楚。

不行，不能太情绪化。还是得把心里的想法原原本本地告诉母亲，争取这次能获得她的首肯。

塔子长出一口气，开始向母亲细说缘由。

丸冈的人事调令已出，他即将去洛杉矶分店赴任，塔子想跟他一起走。

"妈妈，我在这儿一直待下去，整个人都会崩溃的。为了避免这样的情况发生，我才想要离家远行，希望你理解。"

只要踏上异国的土地，离他们远远的，我就一定不会再失眠。我就一定能重获新生。

丸冈允诺，若是母亲愿意，他并不介意将她一起接去美国生活，他也会负责寻找临时照看店铺的人选。丸冈都说到这份儿上了，可母亲仍对其嫌恶不已，叱责塔子："你哪根神经搭错了，居然想和那种人结婚？"

自己最想要的东西已然无望到手。被天神宙斯一分为二的、塔子的另一半，已归明穗所有。她曾痴心妄想，说不定哪天文彦发现走错了路，还会回头来找塔子。在这种空虚的等待中，九年多过去了。假若另一半被别的女人夺走，该怎么办？要抢回来吗？如果实在无法做到，那就只能放弃了。

要是明穗不在了——夜复一夜，塔子脑子里充斥着怎么杀死明穗的念头，失眠症愈发严重，终于突破了临界点。再这样下去，她恐怕自己真会动手杀了明穗。为了避免这一切，她必须放弃文彦，别无他法。所以，为了斩断这持续十年未变的想念，塔子终于下定了决心，要和一个并非自己另一半的对象共度余生。可……

和十年前一样，毫无结果的口舌之争持续了好一阵子，母女俩都累了，情绪焦躁起来。就在这时，母亲的一句话直接击穿了塔子的心。

"和丸冈先生结婚，那还不如须藤文彦呢！"

一瞬间，员工休息室的墙壁吱嘎作响，看起来好像融化的糖画儿一样扭曲了。

这、这都是谁的错……

不知道是怒火，是憎恨，还是哀伤，难以名状的感情在胸中激荡，令塔子不能呼吸。接着，这感情流遍了她冰冷的身躯。

她回想起这一切，顿时丧失了去母亲房间探望的气力。尚未能合眼，窗外天空又已经发白。

她长长地叹了一口气，撑起灌了铅一般沉重的身体。这时，电话铃响了。她紧张起来，生怕是警察打来的。她伸出颤抖的手拿起听筒，传来的却是丸冈的声音。

一小时后，丸冈带着快四岁的女儿阿花来到了店里。

丸冈的外祖父病倒了。平时阿花都是丸冈母亲在照看，现在她去了医院，丸冈公司那边又腾不开手，这才和塔子商量，请她帮忙临时照看一天。

"你还有店里的活儿，真是不好意思。"

塔子摇摇头，带他们来到员工休息室。这家店铺直到她祖父那一代，都是经营日式料理店的，装修成便利店时保留了原来的厨房部分，铺上榻榻米，当作员工休息室。

"就让你女儿待在这里，你看可以吗？"

这间屋子靠墙一侧堆着装货品的纸箱，但窗户很大，光线充足，还连着院子——尽管只有巴掌大的一块地。房间右手边的门连着楼梯，通往塔子与母亲居住的二楼。

丸冈道了一句"打扰"，踏上榻榻米，拉开蕾丝窗帘，确认院子由水泥砖垒成的院墙包围，墙比小孩高，阿花无法轻易出去，于是满意地点点头，连连称赞。

"足够了。她不太需要大人管，让她自己待着，她会一个人玩儿的。阿花，过来。"

站在零食货架前踟蹰的齐刘海小姑娘走近丸冈。阿花的一对眼睛很秀气，宛如日本人偶娃娃，她若是和丸冈走在一起，任谁都不会觉得他们是父女吧。然而，那张清秀的面孔上缺乏童真的表情。

"阿花，这是小室塔子阿姨。快打个招呼。"

阿花怀中抱着一个跟她自己差不多高的洋娃娃，伸手拽住丸冈的裤管，用细不可闻的声音问道："哪个是它子阿姨？"

"欸？你说什么？不是它子，是塔子阿姨。"

"哪一个是塔子阿姨？"

阿花本来盯着塔子的视线，忽地一下飘到了斜后方。

"什么哪个？你说什么呢？这里不是只有阿花、爸爸和塔子阿姨在吗？"

塔子蹲在阿花面前，露出不太自然的微笑，说："请多关照哦，阿花。"

阿花并未回应，而是喊了一声"爸爸"，抬头望向丸冈。

"那，那个人是谁？"

阿花抬起小小的右手。她指着的方向是空无一人的员工休息室墙壁。

* * *

阿花说要和平时一样向去上班的爸爸道别，于是塔子领着她来到店门口，带她向爸爸挥手，直到丸冈的身影消失在视野里。她牵着阿花的手，一回到休息室就问："阿花，告诉阿姨你看见什么了？你在我背后看见的是什么？"

她不记得在哪儿读过，小孩子有时会看见大人看不见的东西。

"一个女的。"

塔子急切地靠近阿花，抓住她的胳膊。

"是什么样的？什么样子的女人？"

可能是被塔子的气势吓住了，阿花缩起身子，用弱弱的声音说："我不知道。"

"怎么会不知道呢？你看见了，对吧？那个女的？"

阿花喃喃道："嗯……"接着闭上了眼，可能是在回想。

"阿花。"塔子的呼唤带着一丝颤音，"快告诉我。那个女的长什么样子？头发长吗？什么年纪？是和我差不多年纪的人吗？还有，那个人头上该不会在流血吧？欸，快告诉我啊，阿花！"

不知不觉，塔子握住阿花的手力道增大，阿花哭着喊痛，这才让她回过神来。

自己对小孩子都做了些什么啊。一定是因为一宿都没能合眼，才激动过头，脑子糊涂了。

"阿花，对不起，对不起……对了，阿花你喜欢画画吗？"

阿花抹着眼泪，点了点头。

"那你拿着这些，自己画画儿好吗？"

塔子将事先准备好的蜡笔、画纸和折纸用的纸摆在桌上，但阿花全不在意。她的视线又飘向了塔子的身后，盯住了她左肩膀后面的窗台部分。

塔子感觉屋子里的温度突然降低。她浑身颤抖，战战兢兢地顺着阿花的视线回过头,却只看见了拉着蕾丝窗帘的窗户。可阿花还是紧紧盯着虚空中的某个点,目不转睛。

"是什么?你看见什么了?"

塔子回头望着窗户,声音颤抖。

就在这时,隔着白色窗帘,外边晾着的衣物与桂花树之间有什么东西动了一下。一个人形的影子悠然升起,朝塔子缓缓挪了过来。

塔子惊叫一声,向后退去。落地窗打开,出现的是一张熟悉的面孔。

"怎么了,塔子小姐。"

"尾贺……先生?"

她松了一口气,差点儿浑身无力地瘫坐在地。

尾贺手指间冒着袅袅青烟。店里只有他和母亲吸烟,尾贺怕塔子介意,基本都跑到院子里抽。刚才,尾贺的身影被晾晒的衣物与树木遮掩,不仔细看还发现不了。

"啊,糟了,你看到烟灰缸了吗?"

一直放在桌上的玻璃烟灰缸不见了,尾贺东张西望,一下看到了阿花。

"欸?这孩子是谁啊?"

阿花满不在乎地在桌上铺开画纸,开始用蜡笔画起画来。

"啊……那个,是丸冈先生的女儿。他拜托我帮忙照看一天……"

"哦,是丸先生家的?欸?真的假的?看起来一点儿都不像啊……哇,好烫!"

尾贺大叫一声,丢开了快燃尽的烟屁股。被烧焦的滤嘴在花坛的边缘弹了一下,掉在了泥泞的地面上。母亲刚刚移栽过花的球茎，花坛里空无一物，但尾贺慌慌张张说了声"不好，要被夫人骂了"，赶紧把烟头踩灭，捡了起来。

"你手指没事吗？"

"不好意思。我去冲冲。"

尾贺奔向洗手间，塔子在急救箱里寻找治烫伤的软膏。她抬眼看了一眼钟，快到开店时间了。

"阿花，我就在店里，有什么事就喊我……"

她一边说一边回头看了一眼阿花，不禁倒吸一口凉气。

阿花的手上握着蜡笔，却并没有画画。看到阿花的样子，塔子吓得不敢动弹。阿花又在凝视着塔子背后，好像那里有某种本不该存在的事物。

"什么？是……是谁？有谁在吗？"

因为恐惧，她对阿花的问话声尖锐了起来。阿花的视线没有离开那道窄窄的窗缝，回答道："是马。"

"欸？马？你看到的是马？"

阿花摇摇头，露出一副"你怎么不懂"的表情，焦急地指向打开的窗，尖声说道："是马的衣服。"

塔子不明其意，只得望向院子。晾衣竿上挂着的衣物里面，没有一件上面有马的图案。桂花的甜香扑鼻，塔子浑身发抖，慌忙关上了窗户。

七点钟，便利店刚开门，唐泽夫人就到了。

她每天都会来，但一般会在正午时分。现在大量的炸鸡块还没预备好，塔子与尾贺不禁面面相觑。

"早上好啊，唐泽夫人。实在对不起，您要的炸鸡，准备起来要稍微花点儿时间……"

唐泽夫人没理会塔子的话，而是以一种鄙夷的口气说道："听说被杀的那个女的，须藤明穗，是你朋友？"

她的话语里听不出分毫对死者的尊重，语气粗暴，塔子心中一紧。

"也不能说是朋友，就是从小认识。"

"听说她是个浪荡货，真的吗？"

"啊？"

塔子闻听唐泽夫人此言，怀疑起了自己的耳朵。

"自己有老公却还招惹了好几个年轻男人，骗了他们不少钱吧？"

"这个……这都是谁说的啊？"

"谁说的？大家都这么说啊。昨晚开始，这一带不管去到哪里，传的都是那个骚货的事情。"

塔子惊呆了。难道说，昨晚在守灵仪式上她为脱身而撒的那个谎，都已经扩散到整个小镇了？而且还被添油加醋。再这样传下去，恐怕会给文彦带来麻烦。

塔子心中焦躁，连忙表示她从来没听说过这回事。可唐泽夫人并不买账，只是一味地追根究底，询问明穗究竟为人如何。不管她说什么，夫人都往负面的意思理解，嘴里不停地念叨"不检点""骚货"，还有一些塔子羞于说出口的词汇。最终唐泽夫人什么都没买就走出了店门。

塔子怅然若失。这时，尾贺离开收银台，从她身边走了过去。往日他肯定要在"唐扬夫人"走后拿她来说笑几句，今天却一言不发。

"怎么了？烫伤的地方还疼吗？"

"啊……不，我去一下厕所……"

尾贺从洗手间回来后脸色欠佳，有点儿不舒服的样子。可是因为附近发生了命案的缘故，顾客比平时多得多，塔子也不好让他去休息。电视台的摄制组和杂志记者们，也不知从哪儿打听到塔子是明穗的发小，纷纷前来采访，以至于她都无暇感到困意。显然，她不可能在摄像机镜头前对明穗说三道四，这一通采访邀约都被她婉言谢绝了。

早上的客流高峰过去，她喘了口气，这才想起来还没有给阿花吃早饭。

她赶紧拿了面包和果汁走进员工休息室，阿花躺在榻榻米上，睡得正香。她是一大早被叫起来的吧，肯定困了。塔子拿来一条毛巾被，搭在她身上，颇有些羡慕，同时也松了一口气。她本来有点儿害怕，会不会又被这孩子说出的什么话弄得一惊一乍的……

她把面包和果汁放在桌上，动手将四散在画纸上的蜡笔拾起来，放回笔盒。挪开几根蜡笔后，纸上的画映入了眼帘。她拿起画纸，看着上面黑白两色的蜡笔画，脸一下子变得煞白。这是一幅小孩子的涂鸦，但塔子认得出来上面画的是什么。

一个穿着黑白条纹衣服的、长头发的女人。

原来先前阿花说"马的衣服"的"马"是"斑马"。阿花在空无一人的空间里，看到了穿着奇怪的斑马条纹衣服的女人。这么说来，难道说……

塔子环视一圈，逃也似的跑出了员工休息室。

塔子拆开到货的杂志，一本本排列在货架上。这活儿本是做惯了的，但她今天出了一身臭汗。排列杂志时，她自己的脸会无可避免地映在面前的玻璃上。她极其害怕，害怕自己一抬眼，就看到自己左后方出现梦中明穗那张血流满面的脸。

难道说,明穗的鬼魂真的在这里吗?

她不愿相信,可是阿花确实在塔子的背后看到了穿斑马条纹衣服的女人。假如阿花没看到明穗的鬼魂,又怎么会说中那天明穗的穿着?

假如明穗的鬼魂缠着塔子,是不是意味着下手杀死明穗的就是塔子呢?塔子被强烈的杀意与失眠所苦,成了活在梦境与现实夹缝里的游魂,恍惚间将烟灰缸砸向了明穗的脑袋。

烟灰缸。

警方仅仅公布凶器是某种钝器,可能还没发现烟灰缸吧。她依稀记得,在埋葬尸体时也把那个带血的烟灰缸埋在了土里。如果被人发现了,那上面一定能检出塔子的指纹。

话说回来,今天早上尾贺提了一句烟灰缸不见了。她在梦里见到的那个烟灰缸,和员工休息室里的那个颇为相似。难不成,那是塔子从休息室拿去的?

耳边忽然传来一阵孩子的清脆笑声,塔子一惊,挺起身来。她面前的玻璃上映着的是塔子自己的脸,苍白憔悴,三分像人,七分像鬼。

现在店里并没有小孩子光顾。她听到的是阿花的声音。

阿花醒了的话,得给她弄点儿吃的才行。

塔子迈着沉重的步伐向休息室走去,刚要开门,忽然听见里面传来了说话声。

"欸,再做一个什么?我喜欢花,可以吗?嗯,没错,那就——"

塔子停住了动作。

阿花和什么人在说话。啊,对了,一定是在和她抱来的那个娃娃说话。塔子心里琢磨着,把门打开一条窄窄的缝。她的视线一下子就撞上了对方的脸。不是阿花。阿花身处她视线的死角,看不见。是那个做得惟妙惟肖的大娃娃,被丢在榻榻米上,正仰望着塔子,带着一丝嘲讽的笑意。

"对了!还是小马吧。阿姨,做一个黑白条纹的小马!"

阿姨?

阿花的话让塔子全身一震,握着门把手的手渗出了汗水。难道,在门的那边和阿花做游戏的,是明穗吗?

"阿姨,你会折吗?你会做黑白条纹的小马吗?"

"唔。"

那是一个如同从地底传来般含混不清的女声。塔子发出无声的尖叫,握住门把手的右手颤抖不已,差点儿发出声音。

"太好啦!那,再做一个大象,还有河马,就可以开动物园啦。"

"长颈鹿呢?"

"欸!你还会折长颈鹿?阿姨真厉害!"

这真的是明穗的声音吗?

"哇,阿花也想试试这个。"

"可以哦。啊,要是想折长颈鹿,是不是用黄色的折纸比较好?"

折纸?塔子回头望向面包货架上手工制作的商品标牌。那上面贴着好多折纸做的小猫或小兔子,都深得孩子们的喜爱。

"好了,一开始先这样对折一下……对,你做得很好啊,阿花。"

对,你做得很好啊,塔子——塔子终于意识到这个耳熟的声音究竟来自谁。她浑身瘫软,不得不手扶着门把手蹲了下来。

刚刚荒谬至极的联想，塔子自己都觉得有些好笑。

自己小时候也是这么被教会折纸的。她折出来的第一只纸鹤，被称赞说好极了。

陪着阿花玩儿的不是明穗，而是母亲。虽然她在生塔子的气，而且对婚事持反对意见，但母亲喜欢孩子，绝不会对阿花坐视不管。

塔子憋住声音，暗自对自己的糊涂劲儿感到可笑。然后，她站起身，打开门，想向母亲道谢。

"塔子小姐！"

尾贺略带紧张的嗓音吓得她赶快回头。自动门打开，走进来四个穿西服的男人。这些人不是来买东西的。他们昨天来过，说想确认一下监控摄像头的录像。他们是负责明穗案件的警方搜查总部的刑警。

年纪最大的那位眼神犀利，在店内扫视一圈，眼神停留在塔子身上。塔子的身体像被老鹰盯上的小动物一般蜷缩了起来，她感到难以呼吸。那个男人径直朝塔子走过来。就要这么被警察带走了吗？她快站不稳了，身体倚靠在货架上，上面摆放的下酒小菜——坚果和熏鱼、熏肉的小袋子哗啦啦落了一地。

"您还好吗？"刑警扶住她，声音竟意外的和善。

被警方要求配合调查的不是塔子，而是尾贺宏树。

塔子被年龄较长的刑警盘问了一番，她如实回答了明穗尸体被发现的那天尾贺迟到的事情，但没能打听到为什么尾贺会被带走。

结果是尾随而来采访的周刊记者告诉了她其中的缘由。

"什么啊，你居然不知道？尾贺宏树和被害的女人交情可不浅。"

塔子惊诧万分。那位记者还向她透露，不仅是尾贺，须藤明穗还跟其他好几个年轻男子保持着亲密关系。

"说是在东京还有关西都有男人。但警方还是认为，是对本地比较熟悉的人干的。"

"为什么呢？"

"什么？这你也不知道？不是有目击者出来做证了吗？说是深夜两点半左右看见了一个从公园逃走的男的。他没走公园门口的大路，而是逃往后山方向。我刚才去看了看，那种羊肠小道，不是本地人肯定不晓得要怎么走吧。"

"这么说，被目击的那个男的就是尾贺吗？"

"那倒不一定，据说天太黑了看不清脸。但确实是个年轻人，二十多岁吧。"

于是按此条件，嫌疑人的范围缩小到了明穗的两个偷情对象，一个是尾贺，还有一个是唐泽夫人的儿子唐泽保仁。

"那凶器呢？"

"啊？"

"还没找到吗？作为凶器的烟灰缸……"

"烟灰缸？警方好像只公布是某种钝器，你听谁说是烟灰缸的？"

"啊……不，有一些传言……"

"有这种传言吗？不是金属球棒而是烟灰缸？但那多半是假消息吧。杀人现场要是室内倒还可以理解，但那是在公园里呀。"

"那……那倒也是。还、还有，你说的金属球棒是怎么回事？"

"哦，这倒不是警方正式公布的信息，所以只能私下和你说。根据伤口形状判断，凶器为金属球棒的可能性比较高哦。不过还没发现凶器。"

"原来……如此啊。"

塔子长出一口气,放松了下来。看样子,杀害明穗的并非自己,所以那果然只是一个梦罢了。

但杀害明穗的真的是尾贺吗?从公园逃往后山的二十多岁的男人,到底是不是尾贺?她做梦也没想到尾贺会和明穗有男女关系。搞不好,明穗频频来店并非是要向塔子秀恩爱,醉翁之意是在与尾贺私会。

话说回来,明穗竟然会做出背叛文彦这种事……

毫无疑问,媒体一定会大肆渲染明穗的偷情行为。一想到文彦即将遭受各种流言蜚语的伤害,塔子就义愤填膺,心疼得几乎要流泪。明穗在外面玩得那么出格,被杀也是自作自受,不是吗?

她忽然感觉背后一阵凉意拂过,回过头,发现店里只有一个来买冰块的客人和站在收银台的打工小妹。

她本该就此放下心来,但身体好像吞了一大块冰似的,寒意彻骨。

那阿花又是为什么会看见穿着斑马条纹衣服的明穗站在塔子身后?

假如明穗是被尾贺或者唐泽夫人的儿子,抑或是其他偷情对象杀死的,那塔子毫无被怨恨的理由啊……

之后,不少媒体陆陆续续来到店内,塔子尽管心中十分不安,还是不得不一一耐心应对。慌乱的一天转瞬即逝,塔子一边计算当日收入,一边与模糊的意识搏斗。这时,下班的丸冈来了。她抬头看表,惊讶于时间的流逝,这才意识到自己完全把阿花丢给了母亲,那之后再也没去看她。

"正是你忙的时候，实在太对不起了。阿花今天听话吗？"

塔子不置可否地点点头，招呼丸冈："我有话跟你说。"她本想找个避开顾客耳目的安静之处，和他商量一下尾贺被警察带走一事。结果，大概是听见了丸冈的声音，阿花大喊一声"爸爸"，从员工休息室里直奔了出来，像条小狗崽儿似的。

"我回来啦。阿花，你今天乖不乖啊？"

阿花被丸冈抱了起来，脸上没什么表情，只是将五颜六色的折纸动物往爸爸怀里塞。

"你看。这些全都是阿姨给我做的哦。"

"阿姨？"

丸冈望向塔子，塔子慌忙摇摇头："不，不是我，是我妈妈。她手可巧了，店里标牌上的折纸也都是我妈……"

"原来是您母亲帮忙照看的呀。实在是太不好意思了。"

"没事，我妈妈能陪阿花玩，肯定也很开心。"

丸冈说想向塔子母亲道谢，去员工休息室看了一眼，但没发现塔子母亲的身影。

"阿姨走掉了。"阿花指指二楼。

"她说根大人的时间到了。欸，根大人是什么啊？"

那是母亲每周必看的比一日三餐还重要的韩剧。丸冈似乎听明白了，微笑着说："那就不打扰了，我之后再来致谢，可以吗？"

话说到这儿，塔子终于将母亲反对这桩婚事的内情如实告诉了丸冈。

"我觉得，您和我妈妈的会面还是暂缓一段时间为好。"

丸冈面有忧色，但他可能也早有心理准备，立刻应允了。

"我明白你的意思。那我下回再来道谢吧，还请你向她转达我的问候。"

趁着丸冈在收拾阿花的东西,塔子悄悄向他说了尾贺的事情。他瞪大了眼睛。

"欸?尾贺怎么会……"

塔子告诉丸冈,尾贺可能与明穗偷情,而且有人在案发现场目击了一个二十多岁的男青年离去的身影。

这么说来,尾贺好像和文彦一样,高中时代都打过棒球。如果他有一根被疑为凶器的金属球棒,也不奇怪。

"原来是这样啊……不过,就算如此,我还是难以想象他会下手杀人。"

"我也是一样的想法,但我给他手机打电话,到现在都没人接……"

"是不是还在配合调查呢?真叫人放不下心啊。还是等等再向总部汇报吧。要不,我这边尝试问问情况,然后再和你联系。"

"太谢谢了。那就拜托你了。"

塔子低头致谢。丸冈接着说道:"啊,对了,还有个事……我来的路上看到很多媒体记者挤在被害人的家门口,跟鬣狗似的。被围在中间的大概是被害女子的丈夫吧。"

塔子顿觉胸口一痛,好像被锥子扎了一下。

全都怪明穗。刚结束守灵仪式,精疲力竭回到家中的文彦,又成了媒体的围猎对象。

昨天他还是痛失妻子的悲情丈夫,今天则成了被妻子多次背叛、戏耍于股掌之间的可怜绿帽男。文彦自尊心极强,又很敏感,对他而言,这实属难以忍受的屈辱。

塔子将丸冈和阿花送出门,坐立不安起来。过了一会儿,她终于下定决心,将店铺拜托给打工小妹,自己冲出了门。她出门前犹豫了片刻要不要和母亲打个招呼，但想到一旦被问去向，母女俩肯定又要吵起来，于是作罢。

明穗家门口聚集了大批媒体的人，却不见文彦的身影。是不是在家里？不对，车库里他的那辆爱车也不见了踪影。空荡荡的车库仿佛一张巨口，将文彦连人带车都吞掉了，看起来很不祥。

塔子四处奔走，把小钢珠店和家庭餐厅的停车场都找了一遍，却没看到文彦的车。

不甘于在他人面前示弱的文彦，恐怕没有这种时候能靠得住的朋友。他现在一个人在干什么呢？

她心中一动，昔日情景浮现心头。十年前，文彦每次在塔子的娘家受尽屈辱之后，都会驱车前往的地方——一片湖。

那片湖水与周围的自然风光浑然一体，丝毫看不出是个人工湖。两人将车停在绿意盎然、如梦似幻的湖畔，相对无言，只是眺望着昏暗的湖面，直至文彦胸中的愤懑平息。

那个湖是这一带的自杀胜地。

塔子叫住一辆出租车，向湖的方向赶去。她的脑海中翻腾起不祥的预感，心急火燎地飞驰在夜路上。

他的车，果然停在那里。

就停在十年前的同一个位置。他们俩曾在那里并肩携手，凝望着车窗外仿佛会吞没一切的湖水。

如今的文彦并没有望向湖面。塔子看到他伏在方向盘上，还以为自己来晚了，差点儿窒息。但她敲了敲窗玻璃，文彦身体颤动了一下，抬头看到塔子，眼神仿佛见了鬼一般。

"文彦！"

车窗降下来一条缝。塔子问："你没事吗？"文彦只用眼神默默回应，憔悴至极的脸颊上浮现出一丝淡淡的笑容，替她打开了副驾驶的门。

"好笑吧。"

文彦朝坐进车里的塔子小声说，带着些自嘲，接着又绷起脸，陷入了沉思。

他的眼窝深陷，脸颊消瘦，本来看起来和十年前没什么两样的青春容颜，就在这几天之间突然衰老了许多，判若两人。

文彦的目光没有望向塔子，只是凝视着湖中的一个点，好像他全心全意想去到那里一样。夜空中没有星光，分辨不出天空与湖面的交界线，面前这片广袤的空间仿佛在向注视它的人招手。假如投入这片空间的怀抱，就一定能享受到永恒的安眠。只需要踩下油门，没有什么可以阻止他们的坠落。

塔子有很多话想对他说，可他倔强的侧脸似乎拒绝了一切。于是她什么都说不出口了，只是静静地和文彦一起凝望着黑沉沉的湖水。

就好像回到了十年前的那一天。

为什么那时候没有抛弃父母和文彦私奔？假如那么做了，一定会开启一段与现在截然不同的人生。文彦也就不会因为明穗而遭到如此变故了……

也许是心有灵犀，漫长的沉默之后，文彦终于挤出一句话。

"要是我和你……能在一起的话……"

凉风拂动枝叶，树叶沙沙轻响。本来平静如镜的湖水忽然泛起了涟漪。

"重新开始吧。"

塔子不假思索，脱口而出。她总是思虑过多，这才变得进退维谷。这一次，她不想思考，只想把自己交给命运。

"去远方。去一个谁都不认识我们的地方。"

不需要再多说什么了。

文彦静静地注视了一会儿塔子的脸庞,发动了引擎。

不管是前进还是后退,只要两人能在一起,怎样都无所谓。车缓缓向前开动。塔子以为他选择了湖水,但很快,他切成倒挡,顺着来时的路开了回去。

而这个决断再次将两个人拆散了。

车载着两人没开多久,就被几辆闪着红色警灯的车包围了。

怎么回事?杀害明穗的凶手不是我啊,应该是个二十多岁的男子。

不,警察尾随多时了。他们一定是追着我找到这里的。

塔子惊惶的眼睛中映出了熟悉的脸。是那几个带走尾贺的刑警。看来尾贺果然并非杀害明穗的真凶。毫无疑问,一定出现了什么决定性的证据,证明小室塔子才是真凶。

她最不想让文彦看见的,就是自己被戴上手铐的样子。

塔子想到此处,正打算打开车门逃走,不料有人从背后勒住了她的脖子。不是旁人,正是文彦。

文彦将一把冰凉的刀子抵在惊骇的塔子的脖颈上,对着刑警们怒吼道:"你们再敢靠近一步,我就杀了这女的!"

塔子完全蒙了,她仰起脖子想看看文彦的脸,却令刀尖划破了喉咙。

温热的血液汩汩流出,塔子仍不明就里地思忖着。

对当地地理条件熟悉、和明穗关系深厚、二十多岁的年轻男人。原来除了尾贺和唐泽夫人的儿子,还有一个人符合条件啊。

"他在仓促之间想挟持我当作人质逃走……"

塔子摸着脖颈处的绷带,和站在枕边的母亲讲着来龙去脉。

那时，文彦已经被团团围住，意识到挣扎也毫无意义，立刻束手就擒了。

文彦坦白，是他杀害了明穗。

那天晚上文彦告诉明穗他要加班，在公司过夜，但工作提早结束了，他便回了家。路过公园时，他发现妻子正和一个年轻男人搂抱在一起，不禁怒火中烧，回家取了一根金属球棒，打死了明穗。那天和明穗在一起的男人是唐泽保仁，但文彦回家取凶器的时候，唐泽被出来找人的母亲带离了现场，所以没有看到凶手是谁。

文彦将明穗的尸体藏在树丛后，正要回家，却被公园里的一对年轻情侣挡住了去路，慌乱之中逃向了后山。路上，他擦去球棒上的血，将其埋在了山里，这才回家。但球棒上残留的明穗血痕以及文彦的指纹，成了他罪行的铁证。

母亲听完一言不发，但她的脸上明显浮现出一种"你看看，我早就说过"的得意笑容。

当年塔子父母反对这门婚事的最大理由，就是文彦比塔子小了十岁，还是十九岁的未成年人[1]，难道他们当时就看穿了文彦这种冲动易怒的性格吗？

尽管如此，不知怎么，塔子还是有点儿羡慕被文彦杀死的明穗——她竟能令文彦产生如此强烈的妒意。

十年前，文彦曾说我是他的另一半。即便之后和明穗成婚，文彦与我仍然永远相思，这是肯定的。毕竟我们两人才是对方更好的另一半。

可惜，这个幻想仅仅存在于塔子的心里。当她被文彦挟持为

---

[1] 日本政府通过修订《日本民法》，从二〇二二年四月起，正式将"成人"年龄从二十岁下调至十八岁。本书首次出版于二〇一二年十一月。

人质时，才大梦初醒。

也多亏这样，她斩断了对文彦的情丝，可以全身心地投入与丸冈的新生活——事情本该如此发展，可现在她面临着一个新的问题。

那就是阿花。

阿花能"看见"某些东西。

昨天，丸冈带阿花来探望了塔子。

丸冈看见女儿对着空无一人的墙壁挥手并开心地说话，不禁头皮发麻。而如今，塔子也能"看见"阿花看见的东西了。

正因为如此，她才能清晰地回忆起之前的事。

那天晚上，我挥动烟灰缸砸向的那个身穿斑马条纹衣服的女人并不是明穗。

"阿姨，今天给我折个熊猫好不好？"

丸冈劈手夺过阿花向虚空递出的折纸。他努力保持冷静的口吻，询问四岁的女儿："阿花，你到底在和谁说话？这里没有人啊。"

"欸？有啊。"

"你再仔细看看。是什么人？"

"是给我折纸的阿姨。爸爸，你真的看不见吗？你看，她穿着马的衣服。"

丸冈作为一个现实主义者，只能握住女儿指向墙壁的手，教育她："那是幻觉，千万不能在别人面前讲这些。"

塔子心想：假如阿花拿出阿姨给她做的折纸动物，以证明那并非幻觉，丸冈还会以"现实中并不存在"为由，尽力说服阿花吗？假如那些折纸精巧至极，明显不可能出自四岁孩子之手。

不，就算丸冈再怎么说也是白费唇舌，阿花不会相信的。因为她的确看见了。

说不定再过一段时间，丸冈也能看到了，就和阿花还有塔子一样。

母亲静子那带着怨恨的眼神直瞪着这边的身影。

一开始，塔子以为自己是被明穗的鬼魂缠上了，吓得都不敢照镜子。说来也怪，知道了缠着自己的冤魂原来是自家人，心中反倒不怎么害怕了。在店里的时候，她甚至忍不住会想：别光杵在那儿不动，你也帮忙给饭团补补货呀！

如果认认真真做一次法事超度，说不定她会就此消失，可塔子已经向店里员工和邻居说母亲去九州拜访亲戚了，所以也无法进行祭奠。

只要母亲还在这里，塔子就不能离开这个家。她必须留下，看守这片巴掌大的小院子。

这个秘密，不能让任何人发现。

没有人知道，为什么这片小院子里盛开的桂花，香气远比公园里的花香浓郁，带着一些烂果子似的刺鼻腐臭。不，不仅是刺鼻，这馥郁怪诞的气息近乎痛觉，足以渗入全身的毛孔。这气味的来源，正是桂花树汲取的母亲的血与肉。

她清楚，应该把院子里的花坛用水泥整个儿浇筑起来——连同挖起球茎之后埋进去的血染的烟灰缸、被树枝钩破的斑马条纹衣服，以及衣服包着的东西——然后在这里永远住下去。

可是，她已经受不了了。

白天母亲并不作怪，也不会附身什么的，只是安安静静地伫立在附近。可是一到晚上，她就会开始折纸。

塔子本以为，明穗不在了，文彦也不在了，她终于可以睡个安稳觉了，可母亲每晚都会在她的枕边折纸鹤。一开始她想，难道是在为脖颈负伤的我祈福吗？可如今绷带已经拆除，她还在不断地折啊折。

咔嚓，咔嚓，咻，咻，咔嚓，咻，咔嚓。

这磨刀般的声音近在耳边，刺耳又难听，一响就是一整晚。

不论塔子如何哀求，母亲都绝不停手。尽管她并不害怕母亲的身影，但早上床铺被无数纸鹤包围的景象，每每还是会让她悚然心惊。就算能睡着，她也害怕会不会就此被母亲拖到另一个世界去，反而更加害怕睡眠了。

所以，塔子打定了主意，要和丸冈一起到美国去。

假如母亲赖在这个家不肯走，那塔子只要离开，就能获得自由。

假如并非如此呢？

现在她无暇思考太多。那些事等睡着了再想吧。

总而言之，现在，让我睡吧。

安静的睡眠，沉稳的睡眠，无梦的睡眠。

斯德哥尔摩之羊　————

卡米拉

真的吗？王子他……真的去世了吗？

他再也不会苏醒过来了吗？再也不会对我款语温言了吗？

啊，这可……太难以置信了。服侍王子殿下是我唯一的快乐，唯一的追求。失去了主人，我也活不下去了。

神啊，你为什么要对王子如此严苛？我每日每夜都在向你祈祷，祈望王子能重回城堡，结果王子没能回到城堡，反而升上了天堂。

您知道吗？王子的这一生是多么不幸！他出身高贵，本该成为本国的国王，却被囚禁在这高塔内长达二十年。他不能离开这黑暗的高塔，失去自由的生活是多么痛苦啊。我为了王子尽心尽力，希望他能过得稍微舒服一点儿，如今竟然发生了这种事情。

是，我是卡米拉，算是塔里干活的四个女人里资格最老的了。我是二十年前开始在这里工作的，也就是王子刚被幽禁没多久。那时候我年纪尚幼，只有七岁，什么都不会。幸得王子亲自严格指导，我才学会了各种活计，以至于现在能位居做饭的约翰娜、清洁工伊达，还有洗衣服的安·玛丽之上，统领她们几人。

约翰娜的毛病是话特别多，动口勤过动手，除去这点，她可算得上优秀的厨师。和她相反，伊达寡言少语，闷闷的，也不知道成天在想些什么。但她尤其神经质，见不得一点儿灰尘，所以很适合清洁打扫工作。安·玛丽呢，今年应该有二十五岁了，可精神年龄还停留在她刚来时的七岁，非常幼稚……她能完成交给她的洗衣活儿，但也仅限于此了，稍微难一点儿的工作都惶惶惑惑，完全干不来。就算安·玛丽这个样，也拜王子的温情大度留在了此处。

我小时候，曾经听王子讲过他的身世。

听说，王子是被继母和亲弟弟构陷，被安上了一桩莫须有的罪名——侵犯继母的女儿——这才被幽禁在了塔里。

我还听说，老国王驾崩之后，王子的弟弟不顾长兄，自己登基继承了王位，我不禁为主人的遭遇垂泪不已。若是能出去，我一定会怀着满腔怒火赶赴城堡，申诉这桩不平之事。没错，不光是被幽禁在塔里的主人，就连服侍王子的我等也是绝不能踏出大门一步的。仅有一个老头子可以外出，他是塔中与外界沟通的唯一渠道，会给我们运送食物等生活必要物资。

当然了，就算允许我们外出，我们也绝不会出去的。为什么？因为那相当于自寻死路呀。现在不正是猎杀女巫风头最盛的时候吗？我们作为王子的仆从，毫无疑问会被国王套上"女巫"的罪名，继而处以死刑的。

之前听说，尽管与善良的王子一母同胞，这个国王却是个任性又残忍的人。我亲眼见到了，果然是个名不虚传的暴君。对，他是突然到访的，连随从都没带，微服私访。我们从未想到国王会圣驾光临，都很吃惊。

啊，您终于注意到了？是的，在那个旅行箱里的遗体正是国王。

说得好听是到访，但实际上，他一上门就对王子大吼大叫，推推搡搡，嘴里不干不净的，实在吓人极了。那劲头，简直像要把王子当场斩杀一般……

杀死王子的是不是国王？

不，并不是那样的。

因为，在王子死去之前，国王就已经死掉了。

您是问，是谁，为什么要令国王与王子成为不归人？

要说明白这事儿得花些时间，从头说起。

从那个女人——玛丽亚——来到塔里时说起。

刚才也和您说了，王子加上我等四个女人，和外部世界的交流已经断绝了将近二十年。

平静的日子被一个叫玛丽亚的年轻女人打破了。

我来到塔里之后一年，约翰娜来了。又过半年，伊达来了。又过了一年，安·玛丽来了……在那之后的十八年间，一直没有新的女人前来服侍王子，然而……

十五岁的玛丽亚，是个明艳不可方物的少女。

我们四个人都比较娇小纤细，气质上有些相似。本以为这可能是王子的口味所致，但玛丽亚截然不同。她的容颜娇滴滴的，兼具那种招惹男人的风骚体态。她身穿一件领口敞得极大的裙装，像娼妇一样，故意将白皙的胸部呈现在王子的面前，令人作呕。

我心中忐忑，有一种不祥的预感，然而教导新来的侍女是我的职责所在。我一心想尽早将她培养成能侍奉王子的女人，于是便先问她擅长什么家务。玛丽亚大大的双眸饱含警惕之色，只是定定地盯着我，并不说话。我逐渐失去耐心，又重复了一遍问题。玛丽亚皱起眉头，一脸困惑地反问道："加雾？擅长加什么雾？"

这小姑娘居然连家务这个词都没听过吗？我震惊之余，还是重新问她是否会做饭、清洁、洗衣，抑或是会缝补或者编织，什么都行。听到问题，玛丽亚耸了耸肩，摇了摇头。这些她都没做过。

她若是年纪尚小倒也罢了，都已经十五岁了却什么都不会，就这么来侍奉人，之前到底过的是什么样的生活呀？

玛丽亚似乎对在这里干活有所不满，不，应该说，她都没搞清楚这里究竟是什么地方。

我告诉她："这里是幽禁王子的高塔，我们奉命照顾王子的生活起居。从今天开始，你也有幸成为侍奉王子的一员，不能辜负这一光荣任务，必须献身忘我地工作……"我苦口婆心的一番解释却白费了，玛丽亚好像完全听不懂似的，只是呆若木鸡地大张着嘴巴。

王子来查看时，玛丽亚突然瞪着我们几个人滔滔不绝起来。但玛丽亚连珠炮似的说出的词语中，有不少仿佛外国话，我完全听不明白。我想安慰她，让她慢点儿说，玛丽亚反而猛地发起飙来，大声怒吼，甚至不顾尊卑之分，用我难以理解的可怕词语对王子口吐狂言。

我反射性地抬起手，想要给玛丽亚一点儿教训。可我的手刚抬起来，还没碰到玛丽亚的脸蛋儿就被拦住了。

原来是王子。他抓住我的手腕，让我放她一马。

据说，玛丽亚是国王——王子弟弟——的第七个妃子，是外国嫁来的公主。听闻此言，我才明白过来，为什么我们和她沟通有些困难。

为什么外国的公主会被送到塔里来呢？是她的祖国灭亡了？还是她在城堡里惹了什么大祸？或是国王厌倦了她，她才被抛弃了呢？

对于过惯了城堡生活的玛丽亚而言，这座塔实在太过狭小，简直不像是人住的地方,所以她总是大呼小叫"放我出去,放我回家"什么的。确实,塔里面的房间除了王子的卧室和起居室、食堂和厨房之外,就只有我们女人居住的那间被四张床铺塞得满满当当的房间了。不管哪一间,恐怕都比城堡寒碜得多吧。

玛丽亚很想出去,可大门从外面上了门闩。

当玛丽亚明白无法逃出这座塔时,情绪瞬间崩溃,她哭着喊着,撒泼打滚。

约翰娜、伊达和安·玛丽听到动静前来探看,玛丽亚见到她们不禁呆住了,安静了片刻。王子想趁此机会将其制伏,玛丽亚转而挑衅地盯住王子。惊人的一幕发生了——她朝王子吐了一口唾沫。

就算曾经贵为异国公主,那也是前尘往事了,既然到了塔里,那就应该与我等平起平坐。

我们都吓呆了。玛丽亚在众目睽睽下用外国话大叫了些什么,挥舞着胳膊,妄图从王子手中挣扎脱身。我们为保护王子,四人齐上,将玛丽亚压住。因为怕她弄伤自己,我们给她上了手铐,塞了口塞。

玛丽亚对王子犯下如此不敬之罪,受到任何责罚都是罪有应得。我们战战兢兢地窥伺王子的脸色,不料王子并无责罚玛丽亚的意思,不仅如此,他似乎对不服从自己的玛丽亚产生了兴趣,将拼命挣扎的她抱起来,带进了自己的卧室。

我和约翰娜、伊达还有安·玛丽目送着他们的身影消失,脑中一片空白。我们拖着脚步回到女人的房间,躺在狭小的床铺上,议论起玛丽亚来。她美则美矣,就算原本是异国公主也罢,但王子断然不会接受如此粗暴又缺乏教养的姑娘。就算王子一时被好奇心冲昏头脑,今天让她上了床,明天也一定会把她赶出这座塔的。

大家都这么自我安慰，或者说是祈望着。

然而这一希望落空了。次日、次日的次日，王子都把玛丽亚留在了自己的卧室，寸步不离。

是的，我们四个人也会在夜里为主人侍寝。主人会点我们的名字，被挑中的就前往主人的卧室。

以前，每天晚上都会有某一个被选中，前往王子的卧室侍奉。

这话由我自己说出来有点儿不合适，但是我可以很自豪地说，四个人里被邀请最多次的毫无疑问是我——卡米拉。王子最信赖我，也最心疼我，尤其非常欣赏我在教育后进者方面的成就。他还曾不吝赞赏地说，塔里的生活能正常运转全都是我的功劳……我得到主人如此信赖，那肯定要为主人的心愿赴汤蹈火呀。毕竟我是从心底里爱慕着王子的。嗯，我肯定爱得比其他任何人都深。

可是，就连这样的我，最近被王子叫去的时间间隔也愈发长了起来……不，在玛丽亚来之前至少每周一次……不，可能是两三周会有一次吧。

当玛丽亚来到此处，王子片刻都不让她离开自己，我等被叫到卧室的机会一次都没有了。连一次都……

当长夜来临，我们四个女人只得躺在四张并排的床铺上，目不转睛地凝视着天花板，屏息凝神地听着黑暗里的动静。

安·玛丽

小玛丽亚是个怪孩子。

大家都说安怪怪的，但小玛丽亚才怪，怪多了。

小玛丽亚刚来的时候大闹了一场呢。我们吓了一跳，安和卡米拉、约翰娜还有伊达一起按住小玛丽亚的小手手什么的，才让她安静下来呢。她竟然朝王子殿下的脸上呸了一口，这种事是绝对不被允许的，对吧？

小玛丽亚却没受到惩罚呢。这也太不公平了吧？

大概后一天的再后一天吧，也不晓得为什么，小玛丽亚突然找安讲了好多话。安以为她是想和安交朋友，可安很害怕小玛丽亚，而且她讲的话也怪怪的，听不大懂。

小玛丽亚可能觉得安太笨于是放弃了吧，现在都不找安讲话了。那倒也没什么，但是她那一副高高在上、盛气凌人的样子太讨厌了。约翰娜也很不高兴，说她自以为是女王呢。

为什么说她自以为是女王？嗯，王子殿下是和我们一起吃饭的。然后呢，那个方形桌子……怎么说才好，这边和这边比较长的。欸？长方形？那就是长方形桌子。王子一个人坐在长边，对面的长边按次序坐着卡米拉、约翰娜、伊达还有安，这么吃饭。座位都是排好的，每次都必须坐在相同的位置上。这个顺序是按照在这里工作的年限长短来排的，当然也是尊卑的顺序。自然，坐在靠里位置的，嗯，也就是卡米拉，是四个人里地位最高的喽。伊达有点儿不服气，觉得凭什么自己不是第一？安倒是无所谓。安来这里最晚，又有点儿笨，不像别人一样能干好多事。

但是毕竟这是按照先来后到排的顺序，那小玛丽亚不是显然应该坐在安旁边的最末尾的位置吗？一开始，卡米拉也把给小玛丽亚准备的椅子放了那里。可王子殿下说"不是那里，玛丽亚的座位在这边"，让人把椅子搬到了王子殿下的御座旁边。大家都惊呆了。这种事可是头一回。王子殿下的话有绝对的权威，自然谁都不敢多嘴。于是,小玛丽亚就那么坐在了王子殿下的身旁,他们俩像国王和女王那样并排坐着。安觉得,大概就是因为这样,小玛丽亚也逐渐自以为是女王了吧。

次序被小玛丽亚超过自然是很不爽,但更不爽的是,小玛丽亚她完全不干活儿。

她什么活儿都不干,每天还能坐在王子殿下身边吃饭,这也太不公平了吧?而且她每天无所事事,却还好意思支使我们干这干那的,叫我们去开窗、去把盖住窗户的黑布扯掉之类的。小玛丽亚可能是想看看外边,可再怎么说,塔的窗户也是打不开的呀。

安也不想洗衣服,想休息休息。就算是前一阵子有点儿恶心想吐的时候,安都必须要洗衣服呢。那时候安就想,要是让小玛丽亚来洗就好啦。

那时候安好像一直有点儿发烧,觉得怪烦心的。有一天,洗衣服洗到一半,又感到恶心想吐,结果被卡米拉看见了。安一开始以为会被责骂,但卡米拉没有生气,只是问安:"每个月的那个来了吗?"一开始安不晓得她在说什么,后来才明白她是说那个,就说"好像一直没来呢"。

于是卡米拉摸摸安的肚子,笑着说:"安·玛丽,你肚子里面有王子殿下的小宝宝呢。"

卡米拉立刻把这事告诉了约翰娜和伊达,大家都很为安高兴。

"既然怀着王子殿下的孩子,安·玛丽的地位就应该比玛丽亚高!"约翰娜摸了摸安的头。平时都像鬼一样阴沉沉的伊达也笑着说:"安、安、安的小宝宝,能把玛、玛丽亚从女王的宝座上拉下来。"

安完全不知道生小宝宝是怎么一回事,于是问大家。卡米拉解释说:"就是当妈妈啊。"安没有妈妈,所以更不明白了,只好再问。约翰娜拿起安一直抱在怀里的小玛丽,说:"你一直以来都是这个小娃娃的妈妈,对吗?接下来,你会变成真正的小宝宝的妈妈了。"

如果真的小宝宝像小玛丽一样,安一定会好好抱着她,好好照顾她。

嗯,这个宝宝叫小玛丽,可爱吧?据说这个娃娃是安来塔里时就带在身边的,不过安完全没有印象了。

"只要向主人汇报,他一定会把玛丽亚赶出卧室的。"卡米拉紧紧地握了握安的手。大家都笑嘻嘻的,安很开心,也跟着笑了。

于是,安跟着卡米拉她们一起去找了王子殿下。安本来以为如果告诉王子殿下安有了小宝宝,他会和大家一样为安开心,没想到王子殿下只是漫不经心地应了一句"是哦",并没有像卡米拉说的那样把小玛丽亚赶下床。

安感觉什么都没变,有些失望,可第二天早上,有件事发生了变化。吃早饭的时候,王子殿下说:"安·玛丽,从今天起,你坐在最靠里面的位置。"安吓了一跳,回答说:"那是卡米拉的座位。"但王子殿下宣布,从今天起那是安的座位,要大家按照顺序往外挪一个位置。

王子殿下的命令是绝对的,本来坐在最外侧的安跳过伊达、约翰娜,甚至是卡米拉,排到了最里面。

安快被吓坏了。因为卡米拉、约翰娜还有伊达都不再笑嘻嘻了,全都用恶狠狠的眼神瞪着安。

这天晚上,王子殿下叫安过去。安心想,哎呀,今天王子殿下没有找小玛丽亚,而是找了安。但安想错了。王子殿下没把安带到床上，而是带到了浴室。

王子殿下叫安脱掉袜子，猛地一推安的后背，于是安站在了湿漉漉的地板上。

"安·玛丽，你这家伙在骗我吧？"

安吓了一跳，望着王子殿下。安从来没对王子殿下撒过谎，于是用力摇头。

王子殿下打了安一个耳光，凑近了说："你肚子里的孩子是老头子的种吧？"

安没听懂。所以虽然安很害怕，还是问了王子殿下："'老头子的种'是什么意思啊？"

"你竟敢背叛我，背着我和老头子交媾。"

虽然半懂不懂，安还是大概猜到了王子殿下的意思。王子殿下觉得安跟老头子做了只能跟王子殿下做的事。

"安绝对没做那种事！"

"这里有四个女人，可从来没有人怀孕，现在只有你怀孕了，未免也太奇怪了。况且，有人说看到了。"

"看到什么了？"

"看到你跟老头子乱搞。"

"骗、骗人！是谁向王子殿下撒这种谎？"

王子殿下没有告诉安。他只是怒气冲冲地紧紧捏住安的嘴，把安脱下来的袜子硬塞进了安的嘴里。

"到底是不是骗人，我直接审问你的身体。"

啪的一声，安的腿像着火一般发烫。

安吓了一跳，望向王子殿下，他的手手上拿着一条不知哪儿来的鞭子。

被抽到的地方又烫又痛，安忍不住要吐了。可是，安的嘴里塞着袜子,吐也吐不出来。安想伸手拿出去,手却先挨了一鞭子。挨抽的是手,但除了手,连脑门都辣辣的,喉咙也苦苦的,安觉得快不行了,要死了。但就在死掉之前,王子殿下替安掏出了袜子。虽然在王子殿下面前,安还是"哇"的一声吐了出来,还流了好多鼻涕和眼泪。安一边皱着脸呕吐,一边思考。

是谁害安挨鞭子抽?

是谁对王子殿下撒了谎?

有可能是被安占了头号座位的卡米拉,但容易得意忘形的约翰娜似乎也很会骗人,落到末位的伊达也有点儿可疑。

安觉得,这三个人都有可能。

前不久,安在屋里听大家聊天。

其实王子殿下是喜欢一个人睡的,所以即便王子殿下夜里把我们叫过去,等到他要睡觉时,还是会让我们离开,让我们回自己屋里睡觉。可是最近,王子殿下已经跟小玛丽亚一起睡了好多天了吧?约翰娜说,王子殿下大概要把小玛丽亚赶出来,一个人舒舒服服地睡了。但我们的房间里已经满满当当塞了四张床,一张多余的床都摆不下了。要是小玛丽亚睡到我们这里,必须得有人把床让出来。卡米拉她们担忧,会不会像那种抢椅子游戏一样,被挤出去的人也就被赶出这座塔呢?

你知道被赶出塔之后会怎么样吗?

据说,因为我们跟王子殿下生活过,所以没法在外面的世界活下去。

我们会被人当成女巫,被抓去审判,然后被烧死。

所以大家才拼命想要留在塔里。

要是在前阵子,被挤占位置而被赶出塔的,应该是安吧。

因为安的地位最低,也不像大家那样会干活儿。

可现在，安不会被赶走了，对吗？因为安的肚子里有王子殿下的小宝宝呀。所以，肯定是有人觉得，只要主张这个小宝宝不是王子殿下的，再次把安挤到最后一位就可以了。

安吐啊吐的，一直吐到什么都吐不出来，喘着粗气，王子殿下说话了。

"你讲实话，我就不抽你了。"

"安受不了了，请不要再抽了。王子殿下，求您了……"

"你承认了？肚子里的孩子是老头子的？"

安差一点儿就回答"嗯"，为了不再挨鞭子，说点儿假话算什么呢？可是，安发现小玛丽正盯着安。安刚才手挨鞭子时，放开了抱在怀里的小娃娃，她滚到了角落。小玛丽一脸悲伤的样子，于是安抱起了她。这时候安想，如果说了"嗯"，肯定会被烧死。那么死的不光是安，连小宝宝都会死掉。

所以，安摇了摇头，对王子殿下说："不是。小宝宝是安和王子殿下的孩子。"

王子殿下又举起了拿鞭子的手，安把小玛丽紧紧抱在靠近肚子的地方，以免她挨打。安怕得要死，眼睛也闭得紧紧的。这时，不知道为什么，安突然轻轻地喊了一声"妈妈"。

忽然，安听到一个声音，仿佛有人在呼唤"玛丽"。这时浴室里只有安和王子殿下，但那声音如此温柔，如同天使。安吓得不轻，紧紧地抱住小玛丽。然后、然后这个地方……安的胸口怦怦乱跳，涌起一股暖流，安顿时觉得似乎还能坚持一会儿。

可是挨鞭子抽打还是疼得想哭。安听不见天使的声音了，只好一边哭一边默念：妈妈、玛丽、妈妈、玛丽、妈妈、玛丽……就好像在念魔法咒语。

安不知不觉间脱口而出。王子殿下停下了手中的鞭子，问：

"安·玛丽,你真的……真的没有说谎吗?"

安直视王子殿下的眼睛,连连点头,非常诚恳地说"嗯"。

王子殿下似乎还是不能确定安到底有没有骗人,不过他那张吓人的脸终于变回了平常称赞安可爱时的表情。

然后呢,王子殿下一下子抱住了安。

安吓了一跳。因为安身上都是呕吐物和鼻涕,脏极了。然而,王子殿下一个公主抱,把脏兮兮的安抱回了女人的房间。安又一次涕泗横流了,王子殿下真的像天使一样温柔。你知道吗?人在开心时也会流眼泪呢。

这不是王子殿下的错。这是"某人"欺骗了王子殿下。

于是安想,会欺骗王子的肯定不是人,而是女巫!女巫!

原来女巫就在这座塔里。

约翰娜

安·玛丽身上布满一条条状如蚯蚓的红肿,简直惨不忍睹。我忍不住想起做饭时用的生肉,差点儿吐了出来。

安·玛丽发起高烧,卧床不起。但据说她被打成那样也没有承认对王子不忠,而且没有流产。那孩子如此坚强,真是人不可貌相。我不禁怀疑,她其实把一切都看得明明白白,却装成无知幼女,周旋在众人之间。

你问,是不是有人向主人告发,陷害了安·玛丽?

那我就不知道了,可能是卡米拉,也可能是伊达。

我?啊哈哈哈,哎呀,实在太好笑了。我没必要做这种事呀。

会干出这种事的人一定是担心自己会被赶出这座塔吧?那肯

定不是我喽。就算有人会被赶出这座塔，也绝不会是我。

当然了，论美貌和年轻，我比不上玛丽亚，可我有独一无二的技能。没错，那就是不输于城堡大厨的厨艺。这可是王子说的哦。光凭这个，王子就不可能舍得让我走的，嘿嘿。

纵然厨艺高超如我，也还是会天天为如何满足王子的口腹之欲而烦恼，不断精进努力。如此，其他女人自然无法取代我喽。话说回来，食材若是能随心所欲地取用倒也罢了，每次我都拜托老头子，他却只能弄来一丁点儿肉类。据说为王子生活所提供的开支简直少得可怜，所以我用有限的材料，不仅要给王子做饭，还得张罗出四个女人和老头子的饭菜，这当然是件了不得的苦差事。

当然了，大部分食材都是为王子准备的。自不待言，每一餐王子的饭都是单独预备的，其豪华程度和我等的饭菜简直天差地别。我的人生意义就是讨得王子的欢心，让他夸一句"真好吃"。

别看玛丽亚在吃饭时坐在王子旁边，像个女王似的，但她的食物和我们的一样，都很朴素。可有一天她忽然说，这狗食一样的玩意儿难以下咽，想吃肉。我吓了一跳，心想这下她要挨主人的骂了。结果王子没有呵斥玛丽亚，而是骂了我一顿。

他说："为什么给玛丽亚准备的饭菜这么寒酸？马上去给我做肉菜。"

自此之后，我就不得不为玛丽亚准备和王子一样的饭菜了。我刚才也说了，食材本来就很有限，我已经费尽了脑筋。给王子准备荤菜，我们就只能吃豆类，而现在竟要做两份荤菜，那我们的汤里岂不是连蔬菜碎都剩不下了？尽管如此，玛丽亚却毫无顾忌，连连提出对饭菜的需求。我们饿着肚子拼命干活儿，这女人无所事事，却能享用豪华饭菜。我们凭什么要受她的指指点点？

我们生气也是可以理解的吧?

而且,不光是吃饭的事。玛丽亚诓骗了王子,弄来了好多首饰、衣服还有书什么的。太过分了。就因为这个,我们能吃到的东西越来越少了。

我怒气冲冲,奔回女人的房间,冲着卡米拉、安·玛丽和伊达大大地抱怨了一通玛丽亚。要不然,我可能会当场对玛丽亚大打出手了。我痛骂了一顿玛丽亚,总算消了点儿气,第二天又能挂着微笑给玛丽亚上菜了。

所以,那天晚上我刚收拾完晚餐的残余,主人忽然叫住了我。我满心以为,是我的努力被看在了眼里,今晚我会代替玛丽亚前往卧室呢……

可主人没把我领到卧室,而是带到了浴室。

王子猛地举起鞭子,怒斥道:"你怎么不穿袜子?"鞭子抽在我的小腿肚上。我痛得惨叫起来,跪了下去。王子脱下自己的袜子,塞进了我的嘴里。

我正晕头转向,脑子里一片混乱,主人发话了。

"约翰娜,你这家伙是不是讲了玛丽亚的坏话?"

我昨天在房间里跟三个女人抱怨玛丽亚的事情,王子知道得一清二楚。还有人打小报告说我曾经假称尝味道,偷吃给王子准备的肉类和点心。

一定是那三个人里的某一个——卡米拉、伊达或是安·玛丽——向王子告了密。明明她们自己也对胡作非为的玛丽亚怨气连天……

究竟是谁明明知道我会被责罚,还向王子告了密?

卡米拉为了讨好王子,可能会不择手段。而总是独自一人、嘴里嘟嘟囔囔怪瘆人的伊达,也很有可能在背后使坏。而吃过鞭子苦头的安·玛丽大概干不出这种事，但她也有可能不甘仅自己一个人受罚，反而是最有嫌疑的。

王子挥动的鞭子抽在我的侧腹部，衣服破裂，渗出血来。我疼得死去活来，身体有如火灼。可就算我以头触地、拼命求饶，王子的鞭子还是毫不留情地挥下来。鞭子反复抽打着我的下半身，我在难忍的疼痛中意识模糊了起来。

不幸中的万幸是，王子的鞭子没有落在我的手上。他特意避开我那双会做饭的手，不正是我不会被赶出高塔的明证吗？我眼中几乎要冒出火来，唯有紧咬牙关忍着剧痛，等待落在我身上的暴风雨逐渐停息。

当我在冰冷的地面上醒来时，王子的身影已经消失了。

我好像晕过去了。虽然鞭打已经结束，可我的腿和腰部还在发烫，疼得好像肉被剜去了一般。我发现双腿上留下了红色的累累伤痕，看起来仿佛前一天晚上我给王子和玛丽亚奉上的网纹烤肉饼。

我想站起身，却疼得使不上劲，只好趴在地上，爬回了女人的房间。

其他几个人见到我的惨状，无不瞠目结舌。我狠狠地瞪着她们，诘问到底是谁向王子打了小报告。卡米拉、伊达还有安·玛丽都坚称不是自己干的。但肯定就是她们之中的某个人干的好事……她们三人将我抬到卧榻上，还给我上了药，但没人敢直视我的眼睛。

我不断追问，卡米拉终于提高嗓门，说："把安·玛丽小宝宝的事情告诉王子的，难道不是约翰娜吗？"

真是出人意料。我吃了这么大苦头，为什么反而要被怀疑责难？

有些事如果被王子知晓,我就会和安·玛丽受到一样的鞭刑……这群人中的某一个明明对此心知肚明,却仍然出卖了我。这是一般人能干出来的事情吗?不可能的吧。

我想,这难道不是女巫的行径吗?是的,这里面一定有女巫啊。

于是我想,得趁着这些人睡熟的时候,悄悄寻找女巫的印记。

你知道吧?和恶魔签订契约、受过恶魔之吻的女巫身上,会浮现恶魔的记号,也就是那种小动物或者昆虫形状的瘢痕。向王子告密的女人身上,一定会有女巫的印记。等到我找到了就要狠狠地扎一下。据说,那种瘢痕是没有痛觉的,所以被针扎中都没醒来的人肯定就是女巫喽。

在找到女巫之前,我谁都不信。自那天起,我们开始疑神疑鬼,都害怕被打小报告,互相之间也不讲话了。

我第二天没能爬起来,于是卡米拉和伊达负责下厨。

我忧心忡忡。假如她们中有一个人是女巫,说不定会动用妖法,做出合王子胃口的菜肴。那样一来,我就会被放逐到塔外,不是女巫,却身遭火焚。

想到这里,我就难以安睡,于是强撑着身体去了厨房,花时间给王子烹制餐食,只因为我不想被赶出这座塔……

我战战兢兢地将亲手准备的饭菜端到王子面前。他用冷漠的眼神审视了一番,倒也张口吃了。他只吃了一口就搁下了勺子,回过头看了看我,我如同一个等待死刑判决的囚犯,瑟瑟发抖。

"你是最能理解我的人。果然没有你做的饭不行啊,约翰娜。"接着,王子温柔地摸了摸我的脸颊,轻声道,"你对我很重要,所以我才打了你。你可不要再让我失望了。"

我浑身酥麻,有如雷击,心中颤抖。原来王子打我不是因为恨我，而是为了让我受教育，成长为一个他喜爱的女人。这不正是爱的鞭笞吗？

一时间我仿佛身在天堂。我哭着捧起王子的手，献上了我的忠诚之吻。

在此之后，为了讨王子的欢心，我在饭菜上花费了更多时间和心力。当然，还有点心。王子每天午饭后都要小憩，在他睡醒之前，我要负责把茶水和点心送到房间。就算受到甜香的诱惑，我也强行忍住，再也没有偷吃了。

有一天，我把一个格外精心做出来的蛋糕送到卧室时，王子还在安睡，一旁的玛丽亚向我搭话了。一开始我以为她又要对晚餐提要求，结果她是想要我帮忙找一个被王子没收的巴掌大的盒子，我不记得叫什么了。王子睡觉的时候，玛丽亚的左手被手铐锁在床架上，不能自由活动。

我心想，要是听从了她的话，我岂不是又要挨鞭子吗？开什么玩笑！于是我向玛丽亚鞠了一躬，就逃出了房间。

之后我每天端茶去卧室时，玛丽亚都会和我讲话。她说，不需要我帮忙找东西了，就是想和我说说话。即便我不理她，她也会自顾自地喋喋不休。

玛丽亚毕竟是异国公主，讲话有点儿奇怪，但也不是完全不会我国的语言，大体意思我还是能搞懂的。玛丽亚夸我做的菜了呢。玛丽亚是在城堡里吃过豪华大餐的，受到她的肯定我很高兴，不禁问："真的吗？"虽然我知道不能搭理她，可我本来就爱聊天，现在不能跟任何人说话，怪憋得慌。

我和玛丽亚聊了聊，发现这女人也不是想象中那么坏。于是我和玛丽亚每天都在王子醒来之前的短暂时间里聊上几句，就这么日积月累，彼此逐渐打开了心扉。

玛丽亚说她想回到原来的世界,还告诉了我一些她喜欢的点心和菜肴。原来塔外面的世界有那么多奢侈的美味,还有我做梦都没想过的点心呢。我的口水都要流下来了,喃喃自语:"以后真想吃吃看啊。"于是玛丽亚便怂恿我一起从塔里出去。我非常吃惊,于是告诉一无所知的玛丽亚:"我们一旦从这里出去,就会被猎巫的人抓住,遭到火刑啊。"

正当玛丽亚想说话时,外面响起了敲门声,我不禁蹦了起来。我伸手示意玛丽亚噤声,摇醒了王子。我没有出声,仅用嘴型示意:"是女巫。"

王子噌地跳了起来,去门口查看情况。看守塔门的人即便在门口,也是绝不会敲门的。假如有客人来拜访王子,自然也有看门人带路,那也不必敲门。也就是说,敲门的绝非人类,而是女巫。据说门扉被敲响之际,若是出声或弄出响动,女巫就会破门而入,所以必须尽量远离门口,安安静静地待着。可玛丽亚似乎想出声喊叫,我慌忙冲过去捂住了她的嘴。我拼命按住挣扎的玛丽亚,直到声响平息,王子回到房间。

我明明是为了大家着想,可对此一无所知的玛丽亚大为光火,之后再也不理我了。我想与她和好,想法子去找她被没收的东西,可怎么都没找到……我想,伊达负责打扫卫生,说不定会知道王子藏这类玩意儿的地方,于是想去问她。然而若是问了,会不会又被告密,再挨一顿鞭子?

没办法,我只能自己慢慢找。结果我在一个出人意料的地方找到了一个东西,感觉有点儿像。在王子洗澡脱下来的换洗衣服里,我翻出一个挂着娃娃的扁平小盒子。王子刚进去洗澡,我想短时间内应该没事,便拿给了玛丽亚。玛丽亚顿时两眼放光,一把将那玩意儿夺了过去,打开盖子,操作起来。我跟她说要赶紧还给我，但她用异国语言念念有词，完全没有还给我的意思，我不由得焦急起来。我将那盒子抢过来，说："差不多了。"玛丽亚瞪大眼睛，捉住了我的手腕。仔细一看，原来上面挂着的娃娃之间还拴着一把钥匙呢。玛丽亚把钥匙插进锁孔一拧，手铐咔嚓一下应声而开。

紧接着，玛丽亚抓住我的手腕，朝出口方向跑了过去。我吓坏了，但又感觉塔外的美食在向我招手，不由自主也跟着跑了起来。

出口的大门本该是从外面用门闩锁上的，但也不知怎么搞的，竟然被玛丽亚打开了。塔里的所有窗户都被蒙着，我被久违的阳光一照，头晕眼花，呆了一下。我被玛丽亚牵着手腕，正要光着脚踏出去，身后有只手按住了我的肩膀，我吓得倒吸一口凉气。

回过头，我身后的是王子——不对，是卡米拉和伊达，还有安·玛丽。

伊达

我、我们把想逃走的玛、玛、玛丽亚捉住，铐上手铐，拴在了王子的床、床上。

当、当然，我们擦了好、好多好多遍她肮、肮脏的脚底污垢，都擦干净了之后才拴的。

回到女人的房间之后，卡米拉打算跟王子报告，约、约翰娜哭着恳求她别去。

"求你了，卡米拉，千万不要告诉王子！我不想再被鞭子抽了！"

"你背叛了主人！别说挨鞭子了，你的罪行够得上火刑！"

我想要阻止怒不可遏的卡、卡米拉，可、可是，我的结巴变得比平常还要严重……

"卡、卡、卡米拉，约、约、约、约翰娜只是被操、操、操控了……"

"什么叫被操控了？！伊达，你倒是说说看，是谁操控了约翰娜啊？"

"那……那、那个，那个……是女、女、女、女、女、女、女、女、女巫！"

大、大家同时转脸看向了我。我们都害怕女巫。

"伊达，这里有女巫吗？快告诉安！女巫是谁？"

"安、安、安，女、女巫，女、女、女、女、女、女、女巫是，女、女、女、女、女、女……"

"伊达，你别搅和了！真是急死个人。你肯定又要说自己听见神的声音了，是吧？"

卡、卡米拉不相信我。我、我明明就能听见神的话语，但她说这、这样说话没法传达神的旨意，神怎么会把旨意授予我这、这种人。可、可是我心中烦闷，向神祈求能正常地说话时，神对我说了："等到合适的时机，你的愿望就会实现。那时候，伊达定会成为神的预言者。"

我、我把神的旨意告诉了卡米拉，可她哼地冷笑了一声，用轻、轻蔑的眼神看着我说："合适的时机？那是猴年马月啊？你要是真的能和神说上话，不如请他赶紧替你治治这结巴的毛病。等到你能正常说话了，再证明神明的护佑也不迟啊！"

卡、卡米拉傲慢而充满讥讽的话语如同箭矢，深深地刺伤了我的心，有一股什么东西直涌进了我的胸口。是虫、虫子。数不清的虫子在我体内嗡嗡作响，蠢蠢欲动。我双膝着地向神祈祷，然而虫子们聚成团块，堵住了我的喉咙，我无法出声。我痛苦万分，蜷起身体呕了起来。当我吐出来的那一瞬，虫子灰飞烟灭，我扼住喉咙，哭着开始祈祷。

"神啊，请您救救我们吧。请开示给我们守护敬爱的王子和塔里生活，以免受到邪恶女巫侵扰的法门。同时，请将您的力量赐予我伊达吧！"

安张口结舌地看着我。不光是安，约翰娜和卡米拉也一样。

"不会吧，伊达说话竟然没有结巴！太——神奇了。是神的力量？"

我被安的话吓了一跳。确实，刚才我一次都没磕巴，话语流畅。

"神终于实现了我的愿望……神啊，我感谢您。欸，卡米拉，这下你也该信了吧？毕竟神承认我是预言者，降下了这道神迹。"

卡米拉没话说了，只是呆若木鸡地盯着我灵活开合的嘴巴。

"喂，伊达！快跟安把刚才的话讲完啊！神说谁是女巫？"

安缠上了我，于是我将脸凑近大家，一边沉醉于自己流利清晰的口齿，一边告诉了她们——潜入这座塔里的女巫正是玛丽亚①。

"原来女巫就是小玛丽亚！安还以为女巫在我们四个人中间呢！"

"不，玛丽亚才是女巫。那家伙对我施了魔法，想把我拖到外面去呢！"

---

①女巫（日语为"魔女"，假名写作"まじょ"）和玛丽亚（日语为"マリア"）的罗马字都以Ma开头，刚刚伊达因为口吃只能发出"玛"字，其他人以为她在说"魔"字，无法确定是在说谁。

卡米拉瞪了吵吵嚷嚷的约翰娜与安·玛丽一眼，让她们闭上了嘴。接着她转向我："伊达，这真的是神所说的吗？说玛丽亚是女巫。"

"欸？"

"玛丽亚以前是国王的第七个妃子，说她是女巫，有点儿令人难以置信。伊达你听见的该不会是魔鬼的声音，而不是神的声音吧？你是不是受到魔鬼的鼓惑，被操控了？"

"你在说什么啊，卡米拉？我怎么会搞混神的声音和魔鬼的声音？"

"怎么会？那你怎么就能肯定不会听错？"

"你们没听过神的声音，大概难以理解，但神的声音是一个类似王子的男人嗓音。而魔鬼则不同。魔鬼总是自称艾丽卡，用一种很胆怯的女声跟我讲话。"

卡米拉唰地变了脸色，眼中带着恐惧，望向了约翰娜和安·玛丽。

"约翰娜！安·玛丽！你们刚才都听到伊达说了些什么可怕的话，对吧！"

"等一下！卡米拉，我没说什么可怕的话啊。"

"伊达，你刚才亲口承认了听到过魔鬼的声音。所以，女巫不是玛丽亚，而是和魔鬼交流的你自己！你现在突然能好好说话了，肯定也是魔鬼搞的鬼！"

我解释说没有和魔鬼交流，是对方自顾自地向我搭话而已。可卡米拉她们仍是相当害怕，和我拉开了距离，对我的辩解充耳不闻。

嗯？你问我什么时候第一次听见魔鬼的声音？应该是我刚到这里不久之后吧。

艾丽卡向我诉说王子是个如何暴虐的人，还唆使我逃离这座塔。可假如听信了她的话走出塔外，等待我的只有火刑罢了。我听到这声音之后不禁害怕哭泣，于是王子给了我一本书。那本书里写了关于神的事，我读了好多遍，都快要把书页翻破了。之后，我问王子要怎么样才能听得到神的声音？

温柔的王子教给了我一个办法，他说必须连续好几天不吃也不睡。

我当然照办了。连续好多天呢，可辛苦了，就算醒着也好像在做梦。正当我意识模糊之际，神的话语突然就降临了。

"伊达啊，你不可听信魔鬼的话，不可被魔鬼的谎言诱惑，要相信王子。"

我听到这充满慈爱之意的神的话语，热泪盈眶。我懂了。原来艾丽卡是魔鬼。

我感慨万千，泪流满面地向王子汇报了经过，王子对我说："伊达，能听到神的声音，你就是我的天使。"

我无比喜悦，幸福得简直可以当场死掉。之后，我为了当好王子的天使，每天都向神祈祷，并且对魔鬼的声音充耳不闻……然而卡米拉她们一口咬定我在和魔鬼交流，脱光我的衣服要寻找魔鬼的印记。所以我跟她们说了，我没有和魔鬼订下契约，我能听见魔鬼的声音，乃是因为我妈妈是女巫。

她们三人一惊，都停下了动作。没错，这里不光我一个人的妈妈是女巫。卡米拉、约翰娜，还有安·玛丽，她们也都是因为妈妈是女巫才会住在这里的。

我们四个人都是五到七岁住进来的，那时几乎不会干什么活儿，多亏王子慈悲为怀，才收留了我们。是王子不忍心看着我们被当作女巫的女儿处死，暗中使了些手段，把我们藏匿在塔里。

你说关于妈妈的事儿吗？我记不大清了。我们四个人都对来到这里之前的事情记忆模糊，可能是因为过去与女巫度过的日子不堪回首，也不愿回想起亲眼看到的母亲被烧死的惨状，所以封印起了记忆吧。王子曾经宽慰我们说："你们没有错。你们是女巫的受害者。你们要忘记惨痛的过往，活在当下。"王子日夜教导我们，守护我们，指引我们。

我想给她们展示玛丽亚是女巫的证据，将卡米拉等人领到了卧室。因为玛丽亚的身上一定有女巫的印记——小动物或者昆虫形状的瘢痕。

我打算给挣扎的玛丽亚嘴里塞上口塞，再脱去她的衣服，可没有人出手帮我。我与激烈反抗的玛丽亚扭打在一起，就快压制住她了，这时她的衣领大大地敞了开来。

我不禁惊叫一声。一只黑蝴蝶的翅膀出现在眼前。

在雪白的左乳上，大敞着的领口边缘，清清楚楚地浮现出一个蝴蝶形状的瘢痕——那只宛如飞舞在雪原上的蝴蝶，是曾受过魔鬼之吻的铁证。我将她裙子的领口扯得更大，一只刻在白嫩肌肤上的青黑色蝴蝶完整地展现在了众人眼前。

"是蝴蝶！伊达，你太厉害了。果然神没说错，玛丽亚是女巫！"安叫道。

约翰娜掏出了针，想要试试看玛丽亚是否有痛觉。大家齐心协力，按住了妄图挣扎逃走的玛丽亚。眼看针尖就要扎上玛丽亚胸口的瘢痕了，传来了沐浴完毕、正在呼唤我们的王子的声音。

我们四人同时跑到浴室，七嘴八舌地向王子报告说玛丽亚是女巫。

尽管主人并没有相信我们，但只要他看见玛丽亚胸口的蝴蝶……王子一定会夸奖识破女巫的我："伊达，你是我的天使。"

我抑制住兴奋的心情,催促王子赶紧去卧室检查玛丽亚。就在这时,我被人从背后推了一把,一个踉跄跪倒在地。只见卡米拉从我身边挤过,冲向了玛丽亚。她学着我刚才的样子,伸手揪住玛丽亚的裙子,将她领口扯大,高声喊道:"请看,主人!"她得意扬扬的样子,就像这是她的功劳似的。

我愣住了。可我根本无暇诘问卡米拉。当玛丽亚的左乳暴露在眼前时,我的怒火一扫而空,全身冷得好像掉入了冰窖。

蝴蝶形状的瘢痕不见了。

我们喊王子过来的空当顶多几分钟。在这短短的时间里,刚才明确存在的青黑色蝶形瘢痕消失得无影无踪,仿佛获得了生命,扇扇翅膀飞走了一般……

"女巫的印记在哪儿呢?"

面对王子的质问,我们吓了一跳。

"难道你们想诬陷玛丽亚是女巫?"

"不、不是,怎么会有这种事?刚才,真的有……"

面对语无伦次的卡米拉,王子的语气愈发严厉。

"是谁说的?嗯?是谁在胡说玛丽亚是女巫?"

"那、那是……伊、伊达,主人。"

八只眼睛齐刷刷地望向了我。王子的眼里含着冷酷的怒火,约翰娜和安的眼里透出怜悯,而卡米拉的眼里虽有一点儿愧意,但仍难掩眼底的嘲讽。卡米拉妄图把所有责任推给我一个人,逃脱惩罚。我的体内仿佛被烧灼着,燃起一股前所未有的怒火,嘴唇也气得发抖。

我咬紧牙关,遏制住朝卡米拉扑过去的冲动,开始向神祈祷。我才是最在乎主人的人,请让我的心意传到王子心里吧。

王子把我拖到浴室,让我站在湿漉漉的地上。

我看见王子挥起鞭子，终于死心闭上了眼睛。可是，身上没有感觉到疼痛。

原来，鞭子落下之前，刚从外面回来的老头子慌慌张张地奔到了王子身边，和他咬了咬耳朵。老头子有点儿耳背，所以嗓门很大，他说的话被我听得一清二楚。

"刚才有个陌生男人叫住我，说他在寻找失踪的女孩子，问我是否了解情况。"

王子脸色一变，便让老头子去卧室汇报详细情况，我这才得以脱身。

"伊达，你太了不起了！是神在保佑伊达吧！"

我毫发无伤地回到女人的房间，安和约翰娜过来拥抱了我，就连卡米拉都连声感慨这个奇迹。

安问我："为什么黑蝴蝶消失了？"我回答说："那块瘢痕所在的皮肤略带红色，玛丽亚一定是将它连着皮肤一起撕掉了。"说完，大家都感叹不已，看我的目光仿佛景仰神灵。

"伊达，快告诉我，我们要怎么才能把女巫玛丽亚从这座塔里赶出去？"

"哎呀，这还用得着问伊达？安·玛丽。"一旁的卡米拉插嘴道，"让老头子去告密，然后让玛丽亚受到女巫审判不就行了吗？我说的对吧，伊达？"

我没说话，卡米拉窥伺着我的脸色，赶忙改了主意："啊，或者……可以把玛丽亚按在浴缸里淹死嘛。据说外面世界的人们为了分辨女巫，会捆住她们的手脚，把她们丢进池塘或河里哦。如果是女巫，那她就会被圣洁的水排斥，漂在水面上，一看便知。"

卡米拉看我还是没理她，便换成一种谄媚的语气想向我示好。她说:"哎呀,伊达。我一直都相信伊达是神的预言家。求求你了,别再刁难我了,快告诉我们神的谕旨吧。我会向主人恳求,让伊达你坐在排行第二的位置上的。"

为什么是第二而不是第一?看样子,卡米拉又想从我手上抢功劳了。我的体内再次燃起了烧灼般的怒火,但没等我说话,安开了口。

"卡米拉,你太得寸进尺啦。你明明知道会挨鞭子,还把坏事都推到伊达头上。"

"就是嘛。"约翰娜接着说道,"卡米拉只想着讨王子欢心,才经常干这种见不得人的勾当。向王子告密,说我讲了玛丽亚坏话的,也是卡米拉吧?"

"那,安遇到的事也是吗?竟然讲出那么过分的话,卡米拉大概也是女巫!"

卡米拉拼命否认,但那惶急之情反而引人生疑。

我趁势说道:"约翰娜,安,你们说得没错,向王子告密的就是卡米拉。"

卡米拉神色大变,脸上肌肉抽搐,大喊道:"骗人!"

"伊达是个骗子。什么神的声音也是骗人的。要是她能听见神谕,那肯定能掌握赶走玛丽亚的办法啊。"

就在走进这间房间之前,我听到了一个声音。

"玛丽亚不是女巫。所以,不能伤害玛丽亚,不能杀死她。"

我没理睬卡米拉,将神谕告诉了约翰娜和安·玛丽。

只要杀了玛丽亚,就能保住高塔。

嗯?你问我为什么违背了神的谕旨?开玩笑,我怎么可能违抗神的谕旨呢?

我听到的声音并非来自神,而是艾丽卡……没错,也就是魔鬼的声音。所以我发出的指示与其正好相反。因为，神的意旨一定是和魔鬼的企图针锋相对的嘛。

其实，自从玛丽亚来到塔里，我就听不到神的声音了。你一定要问了，我是怎么知道玛丽亚是女巫的？这个啊，是因为我做了一个梦。我为了听到神的声音，经常不睡觉，但即便如此还是做了个梦。在梦里，王子被割喉，我们四人也依次被割开喉咙，在血海中痛苦地挣扎。这个梦定是神的谕示。我向神探询梦的含义，却没有获得谕旨，反倒是听到了艾丽卡的声音。她说："玛丽亚不是女巫。"

我把这个梦告诉了大家。再这样下去，包括王子在内，住在塔里的所有人都会被玛丽亚残忍地杀死。要阻止这一切的发生，唯有杀死玛丽亚。

她们三人想象了一下高塔中发生惨剧的情形，无不全身发抖。

"我、我可没那么好骗。你无非是想用这话吓唬我们，把塔里搅乱，对吧？约翰娜，安·玛丽，你们快把伊达抓起来！我去向主人报告，伊达发疯了。"

安和约翰娜听到卡米拉的命令后立刻动起手来。她们没有抓我，而是控制住了正欲出门的卡米拉。她们将愣了神的卡米拉按在地上，然后眼巴巴地盯住我。

"伊达，杀死玛丽亚的计划把卡米拉排除在外吧。她肯定会跑去向王子告密的。"

我对两人点点头，将卡米拉赶出了女人的房间。关上房门之前，我特意叮嘱了一句："假如这件事传到了王子耳朵里，那么告密者除卡米拉之外再无旁人。告密是女巫的行径，那时候我们就要趁卡米拉睡着，在她身上点火，把女巫给烧出来。"

接下来，我们三人商量了一下如何杀死玛丽亚。若是伪装成自然死亡，或者是自杀，那就不必吃王子的鞭子了。如果能弄到毒药，就能混在饭菜里给她吃下去。可我们既没有这方面的知识，也没有渠道，对于连门都出不去的我们来说，可以说是难于登天……

就在几乎要放弃之际，我突然想起了残存于脑海中的幼年依稀记忆里一丛明艳的淡红色花朵。

是谁来着？有人指着院子里怒放的花朵告诉我，那叫夹竹桃，具有剧毒。

虽然这记忆模糊得恍如隔世，但那个人一定是妈妈。我想，那种花一定是女巫种植来炼制毒药的。

我们叫老头子采来了满满一抱夹竹桃树枝。那天晚上，约翰娜替玛丽亚特意准备了烤串。食欲旺盛的玛丽亚看到美味佳肴定会上钩。自然，串着肉的签子全都是剧毒的夹竹桃树枝。

王子坐在玛丽亚身旁大嚼烤串，夸赞约翰娜做得好吃。玛丽亚在怂恿下，也伸手拿起了自己盘中的烤串。安直愣愣地盯着玛丽亚的烤串，我赶紧掐了一把她的膝盖。在众人紧张的凝视中，玛丽亚将夹竹桃枝送入口中，咬住了肉。玛丽亚平素吃饭都是狼吞虎咽，可那天她忽地停下了手，也没有把肉吃下去，而是将烤串放回了盘中。她说今天没食欲，最终碰都没有再碰。玛丽亚剩下来的烤串差一点儿就被王子拿去吃了，还好我急中生智，将那个盘子碰落在地，救了他一命，但被大骂了一通。

食物有毒的事被玛丽亚看穿了。她不仅看穿，而且还将计就计，妄图让主人吃下。我们低估了女巫的实力。之后在塔里发生的令人毛骨悚然的事情，也都是玛丽亚干的……

啊，我不想再多说什么了。

不行了，我只要回想起那可怕的情形，身子就抖个不停。我一定会再次听到魔鬼的声音，和王子一样被暗黑的世界吞没……

我大概没能变成王子的天使吧？如果……如果我下面讲的事情能拯救王子的灵魂，那我愿意继续讲。包括那之后我目睹的骇人光景，我会一五一十地讲述。

* * *

那天深夜响起了敲门声。

是女巫。敲门声前所未有的粗暴，而且丝毫没有停下来的意思，外面还传来了男人的吼声："快开门！"可能是女巫在用男人的嗓音吧。王子让担惊受怕的我们躲到女人的房间，自己去应门。老头子已经不在塔里了，王子为了保护我们，亲自去查看情况。

王子朝吵吵嚷嚷的女巫说了些什么。要是答了女巫的话，女巫就会进到塔里来的呀。

我正想着，只听到砰的一声，门开了，还传来了粗暴而沉重的脚步声。

可能进来的不是女巫，而是猎巫骑士？我们吓得抖作一团，只听见一个男人的声音。

"玛丽亚！你在哪儿？玛丽亚！"

猎巫骑士不是来找我们的，而是在找玛丽亚吗？不对，虽然被幽禁在此，但王子怎么说都是王子，区区骑士岂敢对王子如此无礼？我们搞不清来者究竟是何人，正在惶惑之际，那个男人的怒吼越发清晰可闻了。

"你到底想干什么啊，哥哥？"

会称王子为哥哥的，世上唯有一人。那就是王子的弟弟，国王。原来那个男人既不是女巫,也不是猎巫骑士,而是统治这个国家的国王陛下。

国王好像发现了被手铐铐在床架上的玛丽亚,正大发雷霆。国王痛骂王子的声音越来越高,激愤不已。我们担心王子被国王砍杀,赶快冲到了王子的寝室。

国王正揪住王子的胸口,命令他打开玛丽亚的手铐。国王腰间没有佩剑,但王子脖子被扼住,脸上的表情痛苦万分。

卡米拉见状尖叫道:"请停手!"

国王转过头看见我们四人,不禁哑然。

"这、这些人是干什么的?为什么会在这里?"

看来,国王果然对王子悄悄将我们这些女巫的女儿藏在塔里一事一无所知。

国王气急败坏,将王子压在身下,跨坐在他的身上,掐住他的脖子,怒吼:"你给我讲清楚!"国王将王子的后脑勺撞向地板,一次,一次,又一次……

再这样下去王子就要死了。我们正想扑上前去,国王却忽然停下了动作。

"你……该不会,这些女人也都是……"

他喃喃自语,全然不知一只座钟正朝后脑勺挥下来。国王喉咙里挤出一丝难听的声音,身子一晃,慢慢倒在王子的身上,一动不动了。

刹那间,时间仿佛静止,四周陷入了死寂。玛丽亚的尖叫打破了这静寂,血淋淋的座钟自卡米拉手中滑落,砸在地板上,发出一声闷响。

我回过神来,把瘫在地上的王子扶起,查看他的情况。王子表情扭曲,正在剧烈咳嗽,我赶紧摩挲着他的背部。就在这时,身后有人将我一把推开,果然又是卡米拉。

"救了主人的是我,在下卡米拉。"

卡米拉的嗓音比平常高一个八度,听起来仿佛在唱歌。

"看哪,国王驾崩了。接下来王子就要回到城堡,成为国家的王了啊!"

卡米拉泪汪汪的眼眸好像眺望着某个远方,脸颊染上了玫瑰色的红晕。她可能在畅想未来——王子登基,她坐在他的身边,微笑如王后,朝着观礼民众挥手呢。

"好了,各位,这下你们都看出来了吧?我不是女巫,也没有被魔鬼附体,对吧?"

热血沸腾的卡米拉说话又快又急,在我们眼里恰如被什么东西迷了心窍一般。但她根本不理会哑口无言的我们,自顾自地讲个不停。

"保护了王子的不是伊达,而是我。因为,只有我才是对主人最重要的人!"

现在想想,卡米拉心里一定焦虑极了。她肯定想表现自己会为了王子赴汤蹈火,夸耀自己的功劳。其目的当然是守住排名第一的椅子,以免被我夺走。

然而,事态没有按照卡米拉预想的方向发展。

王子终于不咳了,他抬起身子,可我从他眼中只看到了绝望。

"你都……干了些什么。"

王子哑着嗓子说道,一脸沮丧。

"王子,您为什么不夸奖我?我为了主人您……"

"卡米拉,你知不知道自己都干了些什么?你杀死了国王啊。你以为这事轻易能过去吗?"

"我可管不了那么多,伊达。为了主人,我被烧死也是值得的。"

"你以为这是把卡米拉你一个人烧死就完了的事儿吗！全都……完了。"

王子自言自语道，声音仿佛是从地底冒出来的，极其低沉，令我们不安起来。

"主人，'完了'是什么意思啊？您不是可以离开塔里，回到城堡了吗……"

"不……应该要被审判了吧。"

"主人会被当成女巫审判?!"

"王子殿下也会被火烧死吗?!"

听到安·玛丽的叫声，王子脸上浮现出一缕疲倦的微笑，说："总之，惩罚是逃不过的。"

"主人！杀死国王的是我！主人没有犯任何罪，怎么会被审判呢？"

"国民会认为，虽然下手的是你，但应该受责备的是我。"

被幽禁在塔中二十年的王子侍女，杀害了王子的弟弟即现任国王，不论谁都会怀疑哥哥参与其中吧。

"而且你们藏身在此这事，只有我和老头子知道。光是这件事败露，我就会受到责罚。"

"居然有这事……因为我的过错，主人要受到责罚……啊，实在太对不起了，我犯下了无可挽回的大错……"

卡米拉饱受打击，泣不成声。于是我替她问王子："能不能当作没发生过这件事？"

"没发生过这件事？"

"国王上门时没有带侍从。我们将尸体藏起来，假称他没来过塔里，不行吗？"

王子思忖了片刻，还是摇了摇头。

"这办不到。我弟弟已经告诉王妃说要来我这里。假如他不回去，首先被怀疑的就是我。过不了多久就会有人来找他了吧。"

王子命令我做出远门的准备，说可能再也不能回这里了。王子是打算去城堡了。但是假如打破不得出塔的禁令，就会罪加一等。

"王子，请再给我一点儿时间！我会向神祈求，请教该如何是好。"

王子耸耸肩，不置可否。我跪在他面前，双手交握，闭上眼睛，寻求神的指引。

尽管我无比虔诚地祈祷了，可并没有听见神的声音。王子等得不耐烦了，自己动手收拾起了行李。我看在眼里，急在心里，泪水几乎夺眶而出。可不管我如何拼命呼唤，神都没有降下谕示，只有艾丽卡的声音在我脑海里反反复复，嗡嗡作响。

她说："带上玛丽亚，快从这里逃走。"

玛丽亚受到国王之死的刺激晕了过去，倒在地板上不省人事。看到她的那一刹那，我才省悟，原来神的谕示早就摆在了眼前。

"王子，不如就说是玛丽亚杀了国王，而不是卡米拉，怎么样？"

王子没有停下收拾行李的手，瞥了一眼晕厥的玛丽亚，哼地冷笑了一声。

"这就是神的谕示？"

"假如是玛丽亚杀死了来接她的国王，那自然不会有人追究王子的责任。玛丽亚是女巫，只要被审判，一定会受到火刑。"

"她肯定会说自己没有杀人，对吧？她亲眼看见了卡米拉下手杀人嘛。"

"那我们可以先灭了玛丽亚的口，就说她杀了国王，然后服毒自尽了。女人的房间里有很多带毒的夹竹桃树枝呢。"

王子这才停下了手上的动作，看了我一眼。

"伊达……你真是个可怕的女人啊。"

"只要能够保护王子，我可以不再当天使，当可怕的女人也好，当魔鬼也罢，都无所谓。要不是当年王子出手救了本要和母亲同赴火刑的我，哪儿来的今天的我呢？现在，请您允许我报答这份恩情。"

王子似乎被我的话语触动了，没有出声，陷入了思索。

"但是，弟弟死在我这里，再怎么找借口我还是会被怀疑。"

"可以把尸体搬到塔外边去，说玛丽亚是在外面杀死国王的，那就毫无问题了。国王进来之后，大门外面应该还没有上门闩，而国王又是一个人进来的，说明现在守门人可能不在吧。"

"你们能办到这种事？明明对外面的世界一无所知。"

"为了主人，我们一定能办成。神一定会保佑我们的。"

"也一定请让我助一臂之力。就算我卡米拉被猎巫的骑士逮住，受到严刑拷打，为主人而死，也是死得其所。"

受到放声大哭的卡米拉感染，安·玛丽和约翰娜也都呜咽起来，我眼中也有泪珠滑落。王子环视我们流着泪的面庞，说："卡米拉，约翰娜，伊达，安·玛丽，你们是不是说过，都不记得是怎么来到这里的？"

我们流着泪，面面相觑，点了点头。

"来这里之前的记忆好像笼罩了一层雾霭，模糊不清，想不起来。只有在这座塔里生活的时光，与主人您一起度过的时间，才是我们的全部。"

"是吗？回头想想，真是过去好久了啊。"

"啊，难道这就是结局了吗？卡米拉绝对不想要这样啊，主人！"

"我也是，我以后还想给主人烹制更加好吃的菜肴。"

"安也是！为了王子和小宝宝，我愿意做任何事。"

"我们心甘情愿做任何事，只要能保护王子，守护塔里的生活。"

王子好像被打动了，脸上浮现出既像笑又像哭的表情。

"你们啊……"王子嘟囔道。接着他笑了，一开始没有声音，笑声越来越大，最后变成了爆发式的狂笑。可尽管在狂笑，他还频繁地伸手拭泪。我们环绕着王子，轻轻地抚着他的后背。

王子又哭又笑了一通，大概是累了，终于抬起头来，面露微笑，说道："搬运尸体的话，正好有个合适的东西。"

我们将玛丽亚锁在床上的手铐打开，给她塞上了口塞。

四个女人搬运两具尸体，有点儿力不从心，所以我们决定让玛丽亚自己走路。我们把夹竹桃树枝煮成的毒汁灌在水壶里，准备在塔外给她灌下去。

所有的准备工作都做好了，打开门，夜晚的空气温柔地拂上了我们的面颊。

我将近二十年没出过塔了，现在被这带着一丝土腥气又有些许甜香的夜的气息包围，忍不住闭上了眼睛，沉浸其中。尽管这并不存在于我的记忆，但好像我身体的每个细胞都在怀恋这种气息，身体在喜悦中颤抖。在昏暗中摇曳的城市灯光，远远传来的虫鸣与树木萧萧，富含水气的湿润微风轻抚肌肤，这一切都让人感到新鲜和怀念，它们无不努力刺激着我的感官，似乎在提醒我想起什么。

踏出门外第一步时我紧张极了,立刻浑身冒冷汗。我拿着烛台照亮周边,确认没有其他人影,这才把玛丽亚拖到台阶处。我身后跟着的,是合力搬着装有国王尸体的旅行箱的卡米拉、约翰娜和安·玛丽。通往地面的楼梯漫长得无穷无尽,尽管途中点缀了一些灯火,但楼梯的那头仍在黑暗之中,根本看不到尽头。从上往下望去,整个人好像都要被黑暗吞噬,腿脚发软。我用烛台给后面的三人照亮脚下,叫她们小心搬运旅行箱。

正如王子所言,那个旅行箱极适合拿来运送尸体。旅行箱的整体呈长方形,空间很大,可以像贝壳一样用合页开闭,小个子的国王的尸体放进去,严丝合缝。

当王子拿出这个旅行箱时,我震惊了——这震惊有两层意思。

首先,我居然完全不知晓这件物品的存在。

我的任务是打扫塔内的卫生。我本以为在这狭小的空间里,不管是吊柜还是抽屉的最深处都尽在我的掌握。我做梦都没想到,这塔里还有一个我不曾见过的东西。这么大的旅行箱,是怎么在我眼皮子底下被藏起来的?

另一层震惊是,我竟然对这个第一次见到的旅行箱抱有一丝熟悉感。

看到王子搬来的旅行箱的那一瞬,我的心脏扑腾了一下。我感到胸闷气短,慌忙挪开了视线。我在哪里见过这个暗灰色的箱子。既然我不记得在塔里见过,那是不是意味着,我在塔外生活时曾经见过它,或者有机会接触过和它类似的旅行箱?我在脑海中搜寻,记忆却难以定形,如沙砾四下散落。这股怎么都想不起来的焦躁感烧灼着胸口,我只能确定,能勾起这样不安情绪的肯定不是什么温馨的回忆。不仅仅是我,其他几个女人也都看着这个旅行箱若有所思。

我听见身后传来一声低低的惊呼，几乎同时有什么东西撞上了我的腿，我被撞得滚下了楼梯。原来是安·玛丽禁不住旅行箱的重量，松开了手。幸好我距离楼梯转角处仅数层台阶，没有受伤，但因为这阵响动，王子赶了过来。

王子看我还能走路，便单手拿起烛台，另一只手抱着玛丽亚，带头往下走去。我本不想让王子身涉险地，但又一想，让那三个平素不干重活儿的女人搬箱子确实有点儿难为她们，于是我也搬起了装死尸的旅行箱。

伸手触碰到旅行箱的那一刹那，我全身起了鸡皮疙瘩。这个旅行箱好像在试图唤醒某些我不愿意想起的记忆。我怕极了，试图转移注意力，可又觉得自己忘掉了什么极重要的事情，心乱如麻。

我打消脑海里纷乱的思绪，只盯着王子的后背，紧紧跟着他。蜡烛的火焰将王子的影子投在灰色墙壁上，因为他环抱着玛丽亚的腰，所以看起来仿佛一个有两只手、四只脚的双头怪物。

玛丽亚温顺得可怕。她大概受了国王之死的刺激，变得有点儿精神恍惚。但她突然转过脑袋看了我一眼。她嘴里塞着口塞，嘴角以一个奇怪的角度歪斜着。紧接着，玛丽亚猛然将整个身体都压在了王子身上，两人的影子大幅度晃动起来。王子并没有摔倒，而是扶住玛丽亚，重新站直了身子，黑影也重新回到了王子的身后。刚才的双头怪物，变身成一个更加可怕的形象。

那个在王子身后悠悠荡荡的影子，长出了两只角和尖尖的耳朵，还有蝙蝠一般阔大的翅膀。

是魔鬼。

王子，被魔鬼附身了。

就在这电光石火之间,我想起来了,我对这个旅行箱如此熟悉的理由。

我被自己的叫喊声惊得睁开了眼睛,看到黑暗中飘浮着几朵淡红色的花朵。

那是我们让老头子采来的夹竹桃树枝,被蜡烛微弱的火光照亮。这里是排着硬板床的女人的房间。

我跪在地板上,双肘撑着床板,大概是在祈祷的中途睡着了吧。我望向四周,卡米拉和我姿势一样,也在打盹;安·玛丽吮吸着大拇指,趴倒在床上;约翰娜则四仰八叉地睡在地板上,打着呼噜。

我刚才做的那个梦,到底是怎么回事?

那切实的感触又不像是梦。那难道是神的谕示吗?

背后冷汗涔涔。我心中不安起来,走出女人的房间,前往王子房间的半路上忽然听见声音,停下了脚步。

浴室里有人。

有个女人背对着我,正从面前一个男人的屁股位置掏出来一样东西,一个上面拴着几个小娃娃的盒状的东西。

我蹑手蹑脚地走近,从背后抓住了女人拿盒子的手。

那女人发出一声尖叫,回过头来——是玛丽亚。

她身前那个赤裸上身的男人弯着身子,肚皮卡在放满水的浴缸边缘,脑袋扎在水里。

我不用看脸也能认得出来。那个背影是王子。

他俯身倒在水中,纹丝不动。

他的脖子和肩膀上,留有被人按压的痕迹。

"不是我!"

我把口中喃喃自语、脑袋摇得像拨浪鼓一样的玛丽亚推开，轰出了浴室。

卡米拉、约翰娜和安·玛丽闻声赶来，我们齐心协力将王子拖出浴缸，拼命呼唤他的名字，摇晃他的身体，可王子最终也没醒过来。

我抬起头，刚好和浑身微微颤抖的玛丽亚四目相对。

"是你和魔鬼杀死了王子。马上把王子复活！"

我怒火攻心，一把抓住玛丽亚的领口。她发出一声惨叫，手上的东西掉落在地。

"啊！那个……"

约翰娜伸手指着那东西，叫了起来。

"那肯定是下咒用的道具！玛丽亚用那个咏唱了咒语，然后国王就到塔里来了。"

玛丽亚脸色骤变，正要扑上前去，我抢先一脚踢开了那个小盒子，将玛丽亚按在了墙上。

"把王子还给我们！你既然是女巫，那肯定能用巫术让死者复苏！"

玛丽亚坚称自己不是女巫。我气急败坏之下，开始用夹竹桃树枝抽打她。我对狼狈奔逃的玛丽亚喊道："只要你能复原王子，我就停手。"可她并不吭声，于是我便一直追着打个不停。卡米拉、约翰娜和安·玛丽也加入战局，异口同声地喊着："还我王子！"用树枝疯狂地抽打玛丽亚白皙的肌肤。

也不知道过了多久，我们忽然发现玛丽亚不动弹了，也就停下了动作。

卡米拉气喘吁吁，双肩耸动，瞧了瞧玛丽亚的脸。"死了没？"

我摸摸玛丽亚的脉搏,摇了摇头。"这么细的树枝,怎么可能打死女巫?"

"伊达,我们该怎么办?要怎么样才能让主人复活呢?"六只眼睛带着恳求之色看着我。她们在寻求神的启示。

我跪在地上,向神祈祷。无论如何,请您让王子复活。

然而,我的祈祷没有传达给神。我耳中听到的又是艾丽卡的声音。

"不可以杀死玛丽亚。"

我才不会被她迷惑。艾丽卡是魔鬼。与魔鬼的耳语针锋相对的,就是神的旨意。

我缓缓睁开眼睛,将神的启示传达给了她们。

"只要玛丽亚死了,王子就能复活。"

没错,一定是这样。

为了王子,这次一定要让玛丽亚气绝身亡,用一种最适合女巫的方式。

我们把失去意识的玛丽亚放在床上,给她铐上手铐,接着将夹竹桃树枝堆在她身旁。最后,我叫约翰娜去厨房拿来了油。

我们把油洒遍玛丽亚全身。当油洒到脸上时,她有了反应,醒了过来,但似乎并没有搞清楚自己所处的状况,只是用呆滞的眼神望着夹竹桃树枝。然而看见安按照我的指令拿着烛台靠近的时候,玛丽亚一下子清醒过来,整张脸因恐惧而扭曲。

"快住手!"

安看了看满身油污、哭喊着哀求饶命的玛丽亚,又回头看了看我。我点点头,冷冷地给她下达了指令。

"给玛丽亚点火,安·玛丽。这就是神的旨意。"

"绝对不可以!安!那样子所有人都会死掉的!"

"不要被女巫的花言巧语所蒙蔽！只有女巫才会死于熊熊烈火！"

安靠近床，将蜡烛的火焰靠近玛丽亚。这时，玛丽亚突然露出做作的笑容，并用谄媚的声音说道："安，等一下！我知道安你想知道的事情。"

"安想知道的事情，是什么？"

"我知道是谁向那个男的告密，说你肚子里的是老头子的孩子。"

安一惊，停下了动作。

"啊？是卡米拉，对吧？难道不是？是谁对王子撒了那种谎？"

"不要中了女巫的圈套！安！快点火……"

"就是那个人。安。是伊达告的密。"

"什么？骗人，伊达不可能那么做。她在骗人吧，伊达？"

"当、当……当、当然，是骗、骗、骗、骗、骗人的、的……"

刚刚还无比崇敬地看着我的安眼里的热情熄灭，浮现出了猜疑和失望的眼神。

"不光是安。还有约翰娜说我坏话的事，也是伊达走漏的消息。"

"不会吧……这是真的吗，伊达？"

"不、不……约、约翰……不、不、不是……"

"我全都听到了啊。我就在那个男的旁边，都听得一清二楚。"

"闭、闭、闭、闭、闭、闭……"

我想大喝："闭嘴，女巫！"可我的舌头转不过弯。在无处发泄的焦躁驱使下,我一把将卡米拉和约翰娜推到一旁,从安·玛丽的手中夺过烛台。

我把蜡烛举过头顶,玛丽亚惊恐地瞪大眼睛,尖叫起来。

我心里痛快极了。神的意志绝对不会输给女巫!要不是我的嘴巴不听使唤,我也要大叫,让她知道知道厉害。神与我同在。

我将烛火靠近玛丽亚。她背过脸去,好像已经绝望了,闭上了眼睛。就在试图点燃玛丽亚的栗色长发之际,我听到身后有一个男人的声音。

"住手!"

是王子回来了!

我沉浸在愿望实现的喜悦中,忍住泪水回头望去。

然而,我看见的是一张和王子没有半分相似的、陌生男人的脸。

玛丽亚

讲真,我差点儿就要被杀了。

话说,叔叔你要是没来,我就真的死翘翘了。

这边的人全他妈有毛病,全他妈疯了,眼神都不对。话说,火刑是什么啊?有没有搞错啊,真是的。

那些大妈都以为是玛丽亚我做的,都气疯了,但真不是我啊。

玛丽亚过去看的时候,那个猥琐大叔早就死了。

可她们还是把我揍了一顿,要是就那么被点了火,我……啊,我还在发抖,头昏脑涨,全身都疼得要死,这回可搞大了。

我绝不能饶了那些人。我现在心里的感觉大概是"猥琐宅男王子去死",但那些大妈大概要"去死"乘以一百万次。话说,那些大妈在搞什么?都一把年纪了,什么卡米拉,什么安·玛丽?这是什么邪乎的宗教啊?

什么?你说不是那样,什么意思?

叔叔你都知道吗?话说回来,叔叔你是谁啊?为什么会来这里?

"我是受父母委托才来的。他们说想找女儿。"

"啊?讲真?叔叔,你莫非是侦探?是我妈妈雇了叔叔来找玛丽亚?啊,这么说来,老头子说有个在找女孩子的男人前来问话,那就是叔叔你吧。嘿,如果你是侦探,那你知道是谁杀的人吗?"

"什么叫是谁杀的人?"

"那个大叔的两臂和肩头都有瘀青,其他地方乍看之下没有什么伤痕,所以肯定是有人把他按在浴缸里淹死了,对吧?那些大妈对他是绝对服从的,而且以女人的力量似乎也办不到……那也就是说,下手的是老头子?"

"他十点多从这里出去后就没回来过。"

"是哦,老头子晚上总是不在啊。而且他对大叔怕得一塌糊涂,所以即使在,也下不了手的。那假如不是老头子干的,岂不就等于说,是那四个人中的某一个杀的?她们几个人都把那个丑八怪称为王子,就像侍奉真正的王子那样,服服帖帖的。"

"他被杀的时候你没在这里吗?"

"嗯,在是在,但在那之前,我看到宪人被卡米拉打死,好像一下子昏过去了,那之后的事情都记不太清楚啦。我醒过来发现房间里没有人,手铐也从床上松开了,所以我想,此时不跑更待何时！但半道上我看到那家伙趴在浴缸里，后屁股兜里露出了我手机的吊饰，我就想拿回来。这时候伊达来了，后来……"

"你可能也被吓坏了吧。我顺便问一下，你怎么会来到这里？"

"我和宪人见了面，刚分开不久就被那个叫王子的大叔搭讪了。他说什么宪人找我呢，所以我上了车，就被拉到这里来了。我刚到这里的时候，听到那些大妈说什么主人呀什么的，还以为这里是大妈女仆咖啡馆。我正觉得好笑，就被上了手铐，真是急死了。我做梦都想不到会被宪人的哥哥关起来啊！这也太超出常识了！"

"你和这个叫宪人的人，是朋友？你们年龄差距挺大的。"

"也算不上是朋友，就是在某个地方认识的，见过几次。那个，宪人真的死了，对吧？叔叔，你看到宪人的尸体了吗？他之后没起死回生吧，对吧？"

"是啊，他确实死了。你为什么要问这个？"

"也没有为什么……啊，我就是想到，归根结底是因为我把他叫来，他才被杀的……我给他电话留言到一半的时候，手机被约翰娜没收了。欸？话说，叔叔你怎么知道我在这里的？玛丽亚的手机没有GPS功能啊。"

"叔叔我找的不是你。"

"啊？"

"当然了，你父母肯定也会担心女儿不归，茶饭不思。叔叔也有个和你年龄相仿的女儿，虽然她最近都不怎么跟我讲话了……"

"这种事儿就甭提了。那，叔叔在找的女孩子到底是谁？"

"我的委托人是饭田惠利香的父母。"

"那是谁啊？啊？我没搞懂。这里又没有叫什么饭田惠利香的女孩。欸？饭田，难不成是……不会吧，难道说，是伊达？"

"是啊。"

"真的假的？是那个疯得最厉害的家伙啊。就是那个煽动大家杀死玛丽亚的人。那个大叔是个只要玛丽亚一发狠，就什么都不敢做的窝囊废，但伊达是真的很疯狂。你说父母在找她，她是离家出走之后来到这儿的吗？她一把年纪了，还会离家出走？那，杀了猥琐宅男王子的也是伊达喽？这么说起来，我觉得我好像看到了伊达对那个大叔发怒的样子，但那时我好像站在外面的台阶上，应该是我在做梦吧，大概……"

"你昏过去之后，她们确实差点儿把你带出门了。"

"什么？这你又是怎么知道的？"

"因为我刚才分别找她们四个人谈了话。弟弟被杀令那个男人陷入了绝境。虽然杀人的不是他自己，但如果让凶手自首，就会暴露另一个秘密。为了阻止事情败露，他就让她们把弟弟的尸体搬出去，做成是你杀了他的假象。"

"什么鬼？这怎么可能办得到？"

"她们好像设计了一个你在尸体旁服毒自杀的情节。当然，这是为了杀人灭口。她们把昏昏沉沉的你架起来，还准备把装着弟弟尸体的旅行箱搬出去。"

"真的假的？那我怎么得救的？"

"这个嘛，可能是因为那个旅行箱和外界的风、气味、声响什么的，让女孩们回想起了被尘封的过去吧。"

"什么？"

"饭田惠利香，和你是一样的。"

"什么叫一样的？"

"和你一样,是被拐骗到这里来的。"

"骗人……"

"不仅是饭田惠利香。这里所有女人都是受害者。"

"你骗人。不可能的。明明那些人都心甘情愿地照顾那个猥琐大叔。而且,只有玛丽亚戴着手铐,她们想逃跑的话,随时都能逃出来啊。"

"门是从外面上了门闩的,而且她们都被洗脑了,以为即便出去也会遇上猎巫和火刑。"

"她们好像确实说过猎巫什么的,但是这种鬼话连小学生都骗不了啊。"

"饭田惠利香是在十九年前被绑架的。也就是说,她被带到这里来的时候,只有五岁。"

"什么?!你骗人吧?竟然那么小就一直待在这里?"

"我接受她父母的委托,调查了过去发生的案件。在埼玉这一片相邻的茨城、枥木和群马县,也都发生过尚未被解决的女童失踪案。"

"那就是卡米拉、约翰娜和安·玛丽吗?"

"我认为很明显,她们就是失踪的神居兰子、米原花和安藤真理[1]。其中两户人家的附近,当时都有人目击了一辆非常相似的可疑车辆,我沿着这辆车的线索找到了大路一浩。我登门造访时,发现房子的门铃被拆了,敲门也没有人应,一片寂静,所以

---

[1]本篇中几个欧美风的姓名,均与人物的日文原名存在一一对应的关系,列在此处供读者参考。卡米拉(カミーラ,Kamiira)对应神居兰子(かみいらんこ,Kamiiranko);伊达(イーダ,Iida)及艾丽卡(エリカ,Erika)对应饭田惠利香(いいだえりか,Iidaerika);约翰娜(ヨハンナ,Yohanna)对应米原花(よねはらはな,Yoneharahana);安·玛丽(アン·マリー,An·Marii)对应安藤真理(あんどうまり,Andoumari);玛丽亚(マリア,Maria)对应麻里亚(まりあ,Maria)。大路一浩的姓氏大路(おおじ,Ooji)与"王子"日语读音相同。

我以为这里没有人住。结果,我碰上了早晨下班回来的他父亲,并告诉他我在寻找失踪的女孩时,发现他有一瞬惊慌失措的表情。于是我明白了,这里面肯定有什么不对劲的地方,便开始调查这对姓大路的父子。"

"等一下,你说的父亲是谁?"

"就是被你们称为'老头子'的那个男人,大路靖男,他是一浩的亲生父亲。"

"骗人吧!那他岂不是知道自己儿子在监禁女孩子?"

"靖男的下巴和胳膊都有伤吧。他看起来就很懦弱,我估计他害怕被儿子施暴,所以一直睁一只眼闭一只眼。为了四十岁的家里蹲儿子,他退休后还在继续给他挣生活费呢。我刚才跟踪他,发现他还在便当工厂上夜班。"

"真是搞不懂。宪人对这毫不知情吗?"

"你的朋友大路宪人,好像已经和父亲及哥哥断绝关系了。母亲死后,他们兄弟还是高中生时,父亲再婚。但由于一浩对继母的孩子动手动脚,他们很快就离婚了。之后,父亲带着两个儿子搬到了这个小区,一浩成了足不出户的'家里蹲',而宪人高中毕业后就离开了家。和哥哥比起来,宪人稍微正常点儿,但既然会和你进行援助交际,我猜弟弟的性癖也有些问题……嗯,也就是所谓的萝莉控吧。"

"你连援助交际的事都知道了?"

"我不知道一浩是怎么知晓弟弟和你的关系的,但是我听到传闻,说宪人出手救了被一浩欺负的继母的孩子,可能一浩对此怀恨在心,想要夺走你作为报复吧。而且,之前被掳掠来的少女们都长大成人了,而你还年轻。"

"那个猥琐宅男,太可怕了。不过,这事连警察都没查出来,叔叔你可真有两下子。"

"没什么了不起的。要是我能更早一点儿发现就好了……我一直想,假如大家都是抱着寻找自家女儿的心情来行动,说不定就不会发生这样的事了。一想到这儿,我心里就堵得慌。"

"喂,这里是住宅小区吧?怎么会没人发现呢?鞭子的声音隔壁都能听到吧?"

"这套房子以前的住户为了弹钢琴,好像对房间做了隔音处理。而且,据说由于这栋楼年久失修,很久以前楼里就几乎没有其他住户了。"

"所以,即使被鞭子抽,她们的声音也没有任何人听见。她们遭到那么严重的虐待,杀了他是理所应当的。是伊达杀的,对吧?"

"呃……"

"什么?难道不是伊达吗?是卡米拉?还是约翰娜?难道是安·玛丽?"

"是所有人。"

"啊?"

"她们四个人一起把大路一浩淹死在了浴缸里。"

"等一下,那又是为什么?那些人明明觉得是我杀了他,还气得发狂?"

"因为她们觉得你是女巫。"

"为什么说我是女巫啊?"

"她们说你胸口有一块蝴蝶形状的瘢痕,还说你好像用了巫术,瞬间就抹去了那个女巫的印记。而且你还用法术看破了肉里下的毒。"

"好险!那些肉果然有问题吧!我发现安两眼直愣愣地盯着,

就觉得哪里不对劲,还好我没吃!"

"对你和对她们来说,这都是好事。那蝴蝶的瘢痕又是怎么回事?"

"才不是瘢痕呢。那个是文身贴,谁都能一转眼就撕下来丢掉的啦。凭这些就被当作女巫,被施以火刑,太不可思议了,简直了。"

"中世纪的猎巫也会把疣子或者身上的痣认作女巫的标记,令很多无辜的人遭到酷刑、私刑处决。据说,猎巫是由于人们的不安情绪高涨,引发的集体歇斯底里,所以即便在现代也有可能发生。"

"怎么说呢,人明明是那四个人杀的,她们却来怪罪我,也太古怪了吧?"

"她们并不认为是自己杀了那个男人。"

"啊?"

"她们承认是四人合力将大路一浩按在浴缸里的,但她们坚称,这样做是为了救他。她们说,这样做是为了把附在他身上的魔鬼驱走。"

"没听懂。什么意思?"

"当年,大路一浩把绑架来的女童们装在旅行箱里带回家。他将她们关在旅行箱里面,直到她们乖乖听话为止。所以,她们四人以前的记忆都很模糊。我认为,她们可能在潜意识里封印了可怕的记忆,并且隔离了它,为了活下去。但当她们在搬运宪人的尸体时看到了旅行箱,记忆也苏醒了。饭田惠利香站在住宅楼的逃生楼梯上,指着一浩大喊"魔鬼",一浩慌忙将张皇失措、惊叫哭喊的女孩们带回了家,企图安抚她们,蒙混过关。但饭田坚持说,把她们塞进旅行箱的是王子身体里的恶魔,坚决不让步。这天气,虽然是秋天了,但暑热依旧,一浩心中急得要命,必须赶在今晚把尸体扔到外边去。他便顺着伊达的话,承认这不是他自己干的,而是他内心的魔鬼作祟。于是,她们为了保护心爱的王子,就把他按进了浴缸,希望把魔鬼从王子的体内赶出来。"

"那个,你不觉得这逻辑有点儿问题吗?假如是对那个大叔做出的事情忍无可忍,这才动手把他杀了,那我可以理解。但为了保护心爱的王子……又是什么鬼?那些人到底是不是被绑架来的?别是在撒谎吧?"

"那倒不至于。"

"可那些人对那大叔的爱慕之情简直都要泛滥了呀。她们甚至不惜用卑鄙的手段打压其他人,试图吸引绑架自己的男人的注意力,这怎么想都不可理喻啊?"

"你说的打压是什么?"

"就比如刚才,为了阻止安·玛丽,我说是伊达告密说安的肚子里的孩子是老头子的……"

"你撒谎了吗?"

"我没有说谎,但怎么说呢,并不准确。告密者不止伊达一个人。卡米拉和约翰娜也偷偷跑到那家伙那里,说了同样的话。而关于约翰娜的事,除了约翰娜之外的所有人都在不同时间来到大叔这里告密,纷纷说只有自己是王子的伙伴,比其他任何人都更珍爱王子。如果她们真的和我一样是被绑架来的,怎么会这么一门心思要当大叔最宠爱的女人?"

"斯德哥尔摩综合征——你听说过这个词吗?"

"那又是什么东西?"

"据说,在斯德哥尔摩的一家银行,劫匪挟持了多名人质,与警方对峙。在受困期间，人质与罪犯合作，不仅帮忙用枪瞄准警察，甚至在被解救后为罪犯求情。听说其中还有人质向犯人表白，最终成婚的[①]。"

"怎么会发生这种事？"

"简单来说就是，在某些情况下，加害者和被害者长时间在封闭的空间里分享了非日常的体验，被害者会与加害者产生共鸣，感受到信赖和爱意。"

"那……那些人也是？"

"虽然情况并不完全相同，但她们也是被暴力和恐惧支配，受到了精神控制吧。一浩对她们洗脑，让她们以为一浩是被囚禁在塔中的悲情王子，而她们的母亲是可怕的女巫，完全否定过去，构建了一个独立而扭曲的世界观。恐怕，被洗脑的少女在不自觉的状态下，也对后来少女的洗脑发挥了不小的作用。"

"所以那些人真的以为这里是座塔啊。"

"假如她们心里不把这个树莺小区的五〇一号房间认作塔，不把大路一浩认作王子，恐怕难以保全自己的性命吧。"

"唔……"

"嗯？怎么了？"

"我在想，假如她们以为这是一座塔，那会如何在脑海中想象被布覆盖着的窗外景色呢？是像小时候住过的街道，还是像中世纪的城镇，有女巫在广场上遭受火刑？"

"这我倒是没有问她们。"

"我……我还是不能原谅她们，因为我真的吓得要死。但

[①] 诺马尔姆广场劫案，一九七三年实际发生的一次银行抢劫案。本案中被劫持的人质表现出对劫匪的同情，这种情结被瑞典犯罪学家尼尔斯·贝耶洛特命名为斯德哥尔摩综合征。但需注意的是，劫匪并未像一些报道所写的那样和人质订婚。

是……要是麻里亚也在五岁时被带到这里来,可能就会变得和那些人一样了。说不定,我也会想把新来的人送去烧死。"

"那么,你觉得自己会想象怎样的窗外风景?"

"我不知道。不过……可能是天空吧。"

"天空?"

"嗯。假如是蓝天……就好了。"

献祭之羊 ─────

有光在眼皮上一闪一闪地跳动。

我一定是沐浴着从校园内树木枝叶间落下的亮晶晶的光的粒子，在窗边的座位上打盹儿了。半睡半醒间，我想美美地呼吸一大口新鲜的空气，但直冲鼻腔的是一股强烈的臭味。

我像弹簧一样蹦了起来。这里没有窗户，没有课桌，也没有黑板，眼前只有灰色的墙壁。脏兮兮的墙触手可及，围成一个正方形，把我困在其中。一闪一闪的不是一缕阳光，而是天花板上一盏快要坏掉的日光灯。

我在幽暗中凝神细瞧，发现墙上的下流涂鸦下方有一个把手。我伸开双脚，卷起来的裙摆下露出了白色的马桶座。

看样子，我是坐在公共厕所的马桶上睡着了。

可能是放学后在晴香家喝了点儿酒，回家途中想吐，就跑到公园的厕所来了。

我看了看表，快深夜两点了。

我吓了一跳，赶紧起身准备开门，忽然脚脖子一阵剧痛，身体被拉了回去。我低头看了一眼左脚，心头一惊。脚腕上被铐了手铐，另一头铐在锈迹斑斑的水管上。

我是不是被魇在一场噩梦里，没有醒来？

我战战兢兢地摸了摸手铐，触感冰凉，其质感证明这是确凿的现实。我想挣脱它，甩了甩脚，但手铐很结实，我拿它没有任何办法。

这下子，我的睡意和醉意都消散了，赶紧观察起周围的情况来。我不记得来过这个地方。

门外说不定有个脑子有问题的危险男人，正手握利刃，屏住呼吸。想到这里，我不禁起了一身鸡皮疙瘩。我四下寻找装手机的提包，但地板上只滚落着几个烟头，还有从垃圾桶里漫溢而出的使用过的卫生巾。没有手机，也没有手铐的钥匙。

我本来是在晴香家里的。我们和笃志、尚人几个人聚会喝酒，借着酒劲去了一幢废弃的小洋楼玩试胆游戏。我在那儿看到了一些真正可怕的东西。

不，不对，我看到那东西是一周前的事。

昨天，去玩试胆游戏的那帮人又聚在一起，聊起之前的事情，兴致颇高。

有人说，在洋楼里发现的那个东西，有可能是别人献给羊眼女的祭品。

笃志只顾和晴香说话，看都没有看我一眼。我只好一杯接一杯地喝，结果醉得一塌糊涂。

虽然只有一些片段记忆，但我记得是笃志送我回家的，像往常一样。如果我喝醉了独自回家，在途中被什么人袭击了，总该有印象吧。我毫无这样的记忆，可现在怎么就被拴在脏兮兮的厕所里了？

我最近和笃志闹了点儿矛盾，说不定这是他对我的惩罚，要是现在笃志一边打开门一边笑着说"看把你吓成这样！"那该多好啊。但这是个一厢情愿的想象。虽然看起来坏坏的，但笃志做事有板有眼，不可能做出这样的恶作剧。

我伸手去拉门把手，差一点儿就够到了。假如大声喊叫，会有人来救我吗？说不定叫不来救援，反而会令我落入把我拴在这里的元凶之手。我会身遭不测吗？

咔嚓。忽然传来一声令人毛骨悚然的金属声响，我不禁发出一声尖叫。

"谁?"我心惊胆战地问道。

但是没有人回答。耳中只能听到不停闪烁的日光灯滋滋的电流声,还有我自己快要跳出嗓子眼的怦怦心跳声。

然而,的确有人。我侧耳倾听,确实能感觉到昏暗中有一丝微弱的呼吸声。

"求求你,救救我!"

我拼命地向门外的男人求救。可是……

"什么意思?"

出人意料,传来的不是粗犷的男人嗓音,而是一个尖细而清亮的女人声音。

我追踪声音的来源。声音是从左边传来的,听起来有一定距离。那里有人。有救了。我用左手敲打墙壁,大叫:"救救我!我的脚被手铐锁住了,出不来了!"

没反应。假如在公共厕所突然被这样搭话,任谁都会产生戒心。我调整了一下呼吸,正准备心平气和地开口解释情况,听到了一个女人紧张的声音。

"你记得是谁铐上的吗?"

"不,我……"

我把后半句话咽了回去。为什么她要问这个?因为对方是女人,我才松了一口气,想要寻求帮助,但说不定她正是给我铐上手铐的人,或者犯人的同伙。我觉得,在深更半夜的公厕里,遇见正经女人的概率实在太低了。

"难道……把我拴在这里的人就是你?"

还是没有回答。黑暗中再次响起金属碰撞声。我的心脏剧烈跳动起来。

"放我出去！我就是个高中生，我没有钱……"

忽然，我听到"嘿"的一声，既不是叫喊，也不是叹息的声音，我身体吓得一震。

这个低低的声音显然比刚才的声音更近。我分明没有听到脚步声，而声音却靠近了，难道说……

"对不起，我会安静的，所以拜托了，让我出去吧。"

我强忍着恐惧恳求道。果然，我又听到了近距离的回应。

"你在讲什么？"

这声音低沉沙哑，仿佛从地下传来。声音的音色和语气与之前判若两人，简直像是被某种东西附体了。这宛如隔着墙壁窃窃私语的声音把我吓得浑身颤抖，慌忙尽量远离左侧的墙壁，但在这个狭窄的隔间里，根本无处藏身。

在一片昏暗中，我感觉厕所隔板的另一面可能是一个不属于这个世界的领域，不禁毛骨悚然。隔板和天花板之间的空隙处，似乎即将有什么东西探出脸，侵入过来。我不敢看，却又无法转移视线。

"够了！快把我的手铐解开！"

我忍无可忍，大叫了一声，接着又听到了那个较远的声音。

"如果可以的话，我很想帮你解开，但我办不到。"

这个听起来有点儿怯怯的动听嗓音，是最开始讲话的那个年轻女人的。

"你、你有钥匙吧？如果你帮我，我可以为你做任何事，真心的。"

"就算有钥匙也不行啊，因为……"

随着咔嚓咔嚓的金属声响起，女人继续说道。

"因为我脚上也戴着呢，手铐。"

"什么？"

更令人难以置信的是，又从近处传来了低哑的嗓音，听起来带着哭腔。

"我也被手铐锁住了。这到底是怎么回事啊？"

经过一番交谈，我们终于搞清楚了。烟嗓女人被锁在我旁边的隔间，而第一个说话的女人则被铐在更远的一间。

原来不光是我一个人，我稍松了一口气。但公厕的三个隔间里分别锁着一个女人，这无论怎么想都是不同寻常的紧急情况。

我想起了那部讲连环杀手囚禁多名年轻女子，将她们逐个杀害的电影，不禁浑身发抖。我试图回想电影女主角是如何逃出生天的，可脑海中浮现的全都是那些拼命求饶的女人被残忍杀害的场景。

我好不容易摆脱了脑中的骇人图景，试图问清楚犯人究竟是怎样的男人，但另外两人都说没看到犯人的脸。和我一样，她们也刚恢复意识，就发觉自己被手铐拴住了，好像也不记得是怎么被带到这里的。

"真是太糟糕了。怎么办？要不要试试喊人？"

"我们的嘴没被堵住，是不是因为即使呼救也不会有人来？"

正如最左边的女子说的那样，我已经尝试过大喊大叫、敲打墙壁了，可并没有人来解救我们。莫非，这个公厕建在一个偏僻的地方，即使喊叫也绝不会被人听见？

现在罪犯在哪里，在做什么呢？

假如你现在让我选择，是想面对一个丧心病狂的男人，还是想面对鬼魂，我会毫不犹豫地选择后者。

刚刚我还在害怕某种超自然的存在，但现在我觉得，人类能干出比鬼魂残忍恐怖得多的事儿，仿佛可怕的事情才刚刚开始。

"怎么才能从这里出去？没人有手机吗？"

"最好不要大声讲话哦。那个男人——说不定就在附近呢。"

隔壁女人的嗓子好像被酒精或是香烟搞坏了，粗糙沙哑，讲话时还喜欢把尾音拖得长长的，听不出年龄。

最左边的那个女人问她："你看到犯人了吗？"

"我没看到哦。"

"那你为什么说'那个男人'呢？犯人说不定是个女的啊。"

"你觉得女人做得出这种事？肯定是男的啦。"

"即便说得通，但把身份不明的犯人叫作'那个男人'还是很奇怪啊！"

最左边的女人虽然很害怕，但似乎还算冷静。

"其实呢，我啊，隐约知道犯人是谁。"

"什么，谁？""是谁啊？"

我和最左边的女人异口同声地问道。

"我呢，今天晚上在公园的长椅上和一个男性朋友聊天呢。然后呢，他回去了，我一个人在抽烟，突然后脑勺就被人打了。"

烟嗓的女人说，她恢复意识时就被锁在厕所里了。虽然没有看到打人者的脸，但她似乎心里有数。

"我呢，和一个男的起了点儿小冲突。那个人对我有好感，他说呢，为了明明，死都愿意……"

"也就是跟踪狂？"

"嗯，差不多是那种感觉。"

假如如她所言，犯人就是那个跟踪狂，或许比疯狂连环杀手稍微好一些。可跟踪狂为什么要把"明明"之外的女人也一起锁在厕所里？简直莫名其妙。

"你们是不是也认识啊？那个男的？"

我问那个男人的名字，自称"明明"的女子回答说，是"尾贺宏树"。

"你知道羊之丘公园吗？K市的。他呢，在附近的便利店上班……"

我不记得这个人的名字，但那家便利店就在晴香家附近，所以我去过不少次。

"是不是那个个子挺高，脸黑黑的，一头长发的人？"

"对，你果然认识啊。你和阿宏是什么关系？"

"哈？他就是我偶尔去的便利店的店员啊，除此之外什么关系都没有。"

"真的吗？那你怎么会被关起来？"

这话应该我来问才对。我一般都是和朋友一起去那家店的，顶多有点儿吵闹，给店里添了麻烦，但并不记得发生过什么争执。最左边的那个女人说，她小时候曾住在羊之丘公园附近，但当时没有便利店，所以她根本不知道。

"哦？是吗……我还以为是阿宏呢，难道是别的男人？"

我实在搞不懂，这个女人怎么能把一个跟踪狂称为"阿宏"？在这种情况下还毫无危机感，大概是因为那个便利店店员本身并无太大的威胁吧。

"你说别的男人，难道还有其他能想到的人？"

说心里有其他人选的，不是明明，而是最左边的女人。

"把我拴在这里的不是男人，肯定是羊子，真行寺羊子。你们肯定也是被羊子陷害了。你们也认识的吧？绵羊的羊，孩子的子，羊子。"

不，我完全不认识这人。出人意料，最左边的女人对此似乎抱有一种令人惊讶的笃定。我们问她为什么怀疑那个叫羊子的人，她答道："直到刚才，我都还和羊子在一起。"

据说，她和那个女人碰面时喝了瓶装的茶饮料，之后突然觉得不适，摔倒在地，再醒过来就身处这个公共厕所了。

"一定是羊子趁我打电话时把药放进了我的饮料瓶。"

"我说啊，你对那个叫羊子的女人做了什么事情啊？让她恨不得把你关在厕所里？"

"我才没有！是那个女人用下三烂的手段夺走了我的男朋友！"

最左边的女人尖声叫道。要不是隔板拦着，她就要扑过去撕咬明明了。

据她说，那个叫羊子的女人是她在新宿的城市酒店的后辈同事。她很信任羊子，也颇为照顾她，但羊子在她与未婚夫之间横插一脚，令他们关系破裂，最终羊子把那个男人据为己有。

"那说白了，就是你被人戴了绿帽，男的移情别恋了对吧，这有啥啊？"

"我才没有被戴绿帽！要不是那个恶女人构陷，水岛绝对不会和我分手的！因为我们之间有特殊的羁绊。"

恋人之所以与她分开，是因为有一次烂醉如泥的她和其他男人去酒店开房，被抓了现行。但最左边的女人快嘴快舌地辩解说，这是一个设好的局，因为另一个男人是羊子的朋友。她坚持不懈，花了半年时间，终于找到那个事后消失的男人，并令其亲口承认是受了羊子的委托。最终，她拿着这个事实和羊子当面对质了。

"她肯定是害怕自己的诡计被水岛先生得知，才把我关在这里的。她表面装得楚楚可怜，其实一肚子坏水。她之前还说什么'我觉得千子小姐和水岛先生真是天造地设'。啊，我得赶快从这里脱身,去告诉他羊子是一个多么贪婪、邪恶、残忍、冷酷、危险的女人!"

比起那个叫羊子的女人,这个讲话仿佛鬼迷心窍的女人似乎更危险。就算她是因为这个被监禁的,那除非杀人灭口,否则事情总会败露。而且说到底,那个被人陷害然后横刀夺爱的故事,也只是她的一面之词。

一开始,她讲话温文尔雅,很符合在酒店工作的人设,但谈到前男友时,她整个人都变了。这个女人似乎叫千子,该不会是因为被人抢走恋人,患上精神疾病了吧。

明明可能也略有同感,她小心翼翼地问道:"虽然我不知道你是从哪儿被运过来的,但光靠一个女人的力气,恐怕比较困难吧?"

"那个诡计多端的骚货,肯定是叫男人帮忙了。一定是的。肯定的。"

"但是,我和明明都不认识那个叫羊子的,也不记得与这号人结过仇。"

虽然我还是有些在意她说失去知觉之前见过羊子这件事,但按照常理思考,我们三人应该是被同一个人监禁起来的。要是男的倒也罢了,很难想象我会被一个素不相识的女人拴在厕所里。

"你们肯定也和羊子有关系。喂,你在吧?羊子!"

千子突然放声大叫,咚咚猛力地敲打起隔间的墙壁。

"快开门!我知道是你干的。马上给我打开!"

千子的大叫让我感到忐忑不安,这个声音会不会把真凶引回来?我刚想阻止她,她发出了更大的声音:"哎呀!"

"什么?怎么了?"

"没了。"

"没了，什么没了？"

"戒指……我和羊子见面时肯定戴了的。怎么办啊，那是去年生日时他送给我的宝贝，绝对不可以弄丢。喂，是不是滚到你们那边了？"

隔间之间的挡板底部有条高约一厘米的空隙，但耳环或耳钉倒也罢了，戒指难道会从手指上滑落吗？

"求求你了，帮我找找！"

"会不会是被犯人偷走了啊？不过我的耳钉和婚戒没有被偷。"

我颇为意外，问明明："你结婚了？"

她说："是啊，还有一个女儿。"

"什么？你多大了啊？"

"欸？多大了？那有什么好说的嘛。"

明明想搪塞过去，但在我追问下，终于坦白她已经三十多岁了。

我也问了千子的年龄，但她那边丁零当啷的，似乎正在翻找东西，没有理我。我便换了个问法，问她收到戒指时是几岁生日，她立刻回答我说是二十四岁。

会在电影中成为连环杀手目标的都是年轻漂亮的女人。虽然隔着墙看不见脸，但同一个男人，会同时掳掠来一个十几岁的女高中生、一个二十几岁的上班族，还有一个三十多岁的家庭主妇吗？年龄差距如此之大，有点儿离奇。

抑或是，被关在这里的三个人共通之处并非男人的癖好，而是另有隐情？

我提出这个疑问，明明的声音尖锐起来。

"我说啊，我呢，看起来可比实际年龄年轻十岁哦。我以前还当过模特呢。"

我敦促她别纠结这个,而是好好想想有什么别的共同点。

明明不满地咂咂嘴,不情不愿地答道:"那,是不是羊之丘公园啊?我们三个人都住在附近吧。左边的人说她小时候住过。"

"我家不算近。因为朋友住在羊之丘公园附近,所以我经常去。"

"羊之丘公园?"

千子好像正在把垃圾桶翻个底朝天,听到这个词忽然来了兴趣。

"我的戒指可能丢在那里了。"

"你的意思是说,你被关起来之前在羊之丘公园?"

"我只是路过公园。我说的那里,是指顺着坡道一直往上走,走到最上面,山顶的那个小洋楼。"

羊眼女的小洋楼?

"什么?你是在那个洋楼里被那个叫羊子的人灌了药的?"

千子给予了肯定的回答。明明惊惶地叫了一声:"不会吧!"

"那个地方应该是禁止入内的啊。大概十年前开始就是那样了。"

那栋已成废墟的西式建筑,大门上着锁,四周围着高墙,但是后面有一处可以翻墙进去的地方。

"上个星期我们就是从那边进去的。"

"欸?我是正常从大门进去的。"

快要朽坏但依然坚牢的巨大门扉上应该有一把大锁,但千子完全不记得看到了这样的东西,她说门一推就开了。

"真不敢相信,你居然会进到那里。我说那里危险,可不光是因为那儿又旧又破。那里是真的很邪乎啊。"

我从晴香那里听说，很久以前，那幢小洋楼里有一对美丽的姐妹相互残杀，不仅如此，还死了其他不少人。

"你们两个为什么要去那种地方啊？"

"我们是去玩试胆游戏的。"

我们几个人喝醉了，趁着酒意前往洋楼，听说比游乐园的鬼屋不知刺激多少倍。但真正经历了令人汗毛倒竖的诡异气氛后，我很快就后悔了。

明明用愈发低沉的声音问："你们该不会……你们没召唤吧？"

"没召唤什么？"

"羊、羊眼大人呀。"她喃喃道，声音听起来有些颤抖。

晴香告诉我，这一带的孩子都知道羊眼女的都市传说，好像是很久以前就流传开来的。

据说，夜里一个人走进小洋楼的六角形房间，将门缝打开约十厘米，重复三次"羊眼大人，我是您的祭品，请您收下"，就会从门缝里看到一张羊眼女人的脸。如果你在被羊眼女捉住之前，将你想拿来当替身的人名念诵三次，"我的替罪羊是某某某"，那么这个某某某就会在一周内被切断腿脚，死于非命。但如果你不念诵，自己就会被羊眼女吃掉。这是一个司空见惯的都市传说。

"你年纪也不小了，还相信这玩意儿？"

明明似乎打心眼里害怕这回事，她急切地回应，甚至都忘了拉长尾音。

"蠢货，羊眼女真的会来的。绝对不能半开玩笑地召唤她啊！"

现在跟我说为时已晚——我已经召唤过了。

我和一同潜入洋楼的笃志、晴香、杏子、尚人猜拳，我输了，便去了六角形的房间，向羊眼女唤道："我是您的祭品。"我用手电照向门缝，等了好一会儿，结果什么都没发生。正当我想离开房间时，忽然听到了一声异响。我一开始以为，是其他四人为了吓我，在外面敲打墙壁或窗户，于是我跑到窗边，用手电照亮外面，可外面空无一人。这时，背后传来吱呀一声。我一惊，回过头，本来只开了十厘米的门朝内大敞着，仿佛有人刚刚走进了这个房间……

我感觉到有什么正在靠近。

吱吱，嘶，吱吱，嘶——

这声音听起来就像有人在拖着一条腿走路。我怕极了，甚至不敢将手电筒照过去，巨大的恐惧感驱使我冲出了房间。

"羊眼女什么的，不过是都市传说罢了。太蠢了。"

千子对此嗤之以鼻，但明明不肯让步，反驳说并非如此。

"那我问你，你自己召唤过羊眼女吗？"

"我倒是没有，但我的朋友……"

"那，你朋友的替罪羊真的被杀了吗？"

明明没回答，陷入了沉默。我顺着话题说道："羊眼女应该是美女姐妹中的哪一个？是个美女，却长着羊眼，不觉得很怪吗？"我本意是想缓和一下气氛，结果谁都没笑，气氛变得更沉闷了。

我听见千子略带一点儿兴奋的声音："不是姐姐，也不是妹妹哦。还有一个人，据说是同父异母的姐姐还是妹妹，是女佣的孩子。有人说那个女人就是羊眼女。"

"欸？真的吗？是三姐妹互相残杀吗？"

"不是的，据说她的尸体是在一个仓房的地牢里被发现的，发现的时间比姐妹事件晚得多。"

"你是说，她是被人关起来然后被杀的？"

千子自称调查过小洋楼事件。她似乎对这个故事很感兴趣，于是欣然回答道："很遗憾，我也不知道。虽然有用人耳闻楼里有地牢，但没想到至今尚存。她的尸体被发现的时候已经过了很多年，好像也没能确定死因。"

"那为什么人们会觉得那个人是羊眼女啊？"

"因为和她同时被发现的，还有三具男尸。"

"啊？"

"据说那三个人都被截肢了……没有、没有脚。"

"哎呀，别讲了吧。在这种情况下听这个故事，总觉得真的会发生，吓死人了。"

明明说话带着哭腔。

千子对此嗤之以鼻："怎么可能会发生什么啊？羊眼女是根据真实事件构建出来的幻想故事而已。话说，我在六角形房间里召唤羊眼女时，还挺期待它真的存在的。因为我好像听到了拖着一只脚走路的声音……"

"拖着一只脚的……走路声？"

我顿时觉得那天在小洋楼听见的可怕脚步声近在咫尺，情不自禁回头看了看背后的墙壁。

"据说那个在地牢中死去的女人腿脚不方便，总是拖着一条腿走路。所以，在黑暗中听到吱吱作响的脚步声时，我还以为我碰到了羊眼女呢。"

一阵战栗掠过我的皮肤。这个人也听到了同样的脚步声。

"那个……我也听到了。"

我终于忍不住，把这话讲了出来。我听到旁边隔间里传来倒吸一口冷气的声音。

"你们两个都召唤了羊眼大人吗?"明明的声音听起来高了八度。

千子若无其事地回答道:"召唤了啊。既然不用自己动手就可以干掉想杀的人,那岂不是让人很想试试?"

"那你让谁……让谁当了替罪羊吗?"

"那当然。但是,我的替罪羊一周后没有被杀,脚也没被砍断。自然,最蠢的是我自己,居然会相信羊眼大人会替我杀死祭品——"

明明打断了千子,低声说:"我明白了……"

我问她明白了什么。一个缺乏感情的声音回答道:"我们的共同点。"

祭品——明明干瘪的声音在黑暗中回荡。

"我们……可能因为是祭品,所以被拴在了这里。"

虽然没有风,但我觉得仿佛哪里飘来了一阵桂花的浓郁香气。

一阵呵呵憨笑的声音从远端传来,越来越大。那是千子。

"为什么我们是祭品?你脑子有问题吧?"

明明并没回应,她的隔间里传来细不可闻的金属碰撞声。那是手铐和管道碰撞的声音吗?明明可能在发抖。

我忐忑不安,于是问千子:"那什么,你在小洋楼里听见的那个拖着一条腿走路的声音,有没有追着你?"

"没有啊。刚开始我感觉它在靠近,但是我念了三遍替罪羊的名字之后就立即离开了房间,关上了门,之后就没事了……莫非你被追了?"

"我从六角形房间出来的时候,慌慌张张地忘了关门。可能是因为这个,我虽然逃出来了,但觉得脚步声还在背后追我,那个拖着一条腿走路的声音近在咫尺……"

刚开始,我以为这是笃志或尚人在恶作剧,但当我回过头,手电筒扫过的一瞬,我看到了一头蓬乱的乌黑长发。我方寸大乱,差点儿摔倒,踉踉跄跄拼了命地跑啊跑,大脑被吓得一片空白,根本忘了要念替罪羊的名字。我在黑暗的小洋楼中东奔西窜,被追到楼梯下的转角时,突然想起大路宪人的名字,于是念了三遍。这是我在约会网站上认识的人,没想到事情败露,导致我跟笃志吵了一架。我做这种事赚钱,还不是为了在他生日那天送他一把梦想的吉他!

我分明念了三遍替罪羊的名字,羊眼大人却没有消失。

脚步声越来越近,后面的东西大概一伸手就能够到我的肩膀了。我吓得魂不附体,想躲到二楼去,结果踩断了一截朽烂的楼梯,掉了下去。我掉进一个杂物间,在一片扬尘中咳个不停,忽然感觉背后有人在看我……我战战兢兢地用手电筒照过去,在光线中浮现的不是羊眼女的脸,而是一具化为白骨的尸体。

"那里也埋了一个被截肢的男人?"

千子大声问道。我说,那些骨头属于一个女人,脚没有断。这事上了报纸,那是一具九年前失踪的女性的骨头,明显与羊眼大人的年代不符。

"我怎么不记得这个报道?真奇怪,我怎么会看漏了呢?但是隔了那么久的话,很难确定身份和死因了吧?"

"你还别说,在骨头里发现了某种药物残留,所以判断死因是毒杀。"

虽然身边并没留下什么能证明身份的东西,但从缠在死者指骨金色链子上的王冠状吊坠追查,得知死者是九年前失踪的九鬼千砂子,时年二十四岁。

"晴香他们说，那个人可能也是谁献给羊眼女的祭品。"

"你是说，她是替罪羊？但是，她的脚没有被切断吧？"

"话说，脚会被切断这回事……"刚刚一直沉默不语的明明突然开了口，但声音异常生硬，"我觉得是近年才流传起来的。我小时候只是传说会被杀掉而已。"

正如明明所说，这种都市传说在流传的过程中会被添油加醋，最终失去原形。

千子听罢，转而用郑重的语气询问明明："你的意思是，即使脚没被截断，那个女人也是被羊眼女杀死的？你真心这么相信？"

"我可不是那样想的。因为，那根本不对。"

"不对？什么叫不对？"

"你以为就像你想的那样，指定一个人当替罪羊，羊眼大人就会代劳将其杀死——天下哪儿有这种好事。"

"欸？传说不就是这么讲的吗？"

"我不是说了吗？都市传说会不断演变。我一开始也是这么以为的，但是实际上，宰杀祭品不是羊眼大人的事，而是献上祭品的人的职责。如果你用某人代替自己作为祭品，你就必须亲自动手杀死那个替罪羊。而只要献上了祭品，羊眼大人就会保佑你，即使杀了人也可以逍遥法外，不被任何人发现。"

"这是谁说的？你是听谁讲的？"

明明突然陷入沉默。千子大为恼火，砸了一下隔板，发出砰的一声巨响。

"快回答我！你刚才说召唤羊眼大人的是你朋友，那是骗人的吧？如果你讲的这事是真的，难道是你亲手杀死了替罪羊？"

我仿佛听到了明明艰难地吞咽唾液的声音。

"我没能下手杀人。因此，我的朋友……"

明明好像放弃了纠结，她长长地叹了口气，用低沉的声音讲述起来。

原来，明明在初中二年级时，跟一个发小一起去了那栋小洋楼。两人依次召唤羊眼女，并且分别说出了她们想要杀死的人的名字。她们回去的路上被一个曾经在小洋楼干过活儿的老妇看见了，被责问是否召唤了羊眼女。两个人不由自主地摇头否认。老妇呵斥她们"坊间流传的都市传说是胡说八道，不要再来这里了"，并告诉了她们刚才的说法。说完，她又补充了一句很吓人的话。

"你们啊，是不是先说将自己作为祭品，然后才讲了替罪羊的名字，对吗？可你们自己不献上祭品，自己不动手杀，那么，最开始承诺当祭品的本人，灵魂就会被羊眼大人吞噬哦。"

这个说法令人难以置信，但老妇自称继承了灵媒师的血脉，能听到羊眼大人的声音，并且主动说她为了平息羊眼女造成的灾厄也献过祭。尽管杀过人，却没有沾上嫌疑，这可能都是羊眼女的法力。但老妇还说，那时候内心某块重要的东西也跟着一起死亡了。

不宰了替罪羊，自己就会被杀。

明明说，她的替罪羊是她的初恋，一个比她年长的男人。凭那个男人干出来的恶心事，就算被杀了也死有余辜，但她还是没能亲自下手，最终与同样不敢动手的发小达成了交换杀人协议。

她的发小把那个男人叫出来，把他从楼顶推了下去。成功完成杀人任务的她，理直气壮地要求明明照办，但明明无论如何都做不到。她的发小怕极了羊眼女，把自己反锁在房间里，给明明打电话，又是恳求，又是责备。终于有一天，电话正打到一半，她发出一声惨叫,从阳台上摔下去,死了。她的母亲说,女儿试图躲避某些看不见的东西,被那东西吓得慌不择路,这才从阳台上摔了下去。

因为自感对她的死负有责任,明明的精神也崩溃了。

而唯有和男人睡觉,才能令她短暂忘却焦虑与不安。为了那忘却烦恼的一瞬间,她可以毫无顾忌地从其他女人那里夺走男人,与众多男人寻欢,就像成瘾了一样。她说自己也很害怕,因为说不定会被旁人记恨,从而成为他人的替罪羊——但她已经身处这恶性循环中无法自拔。

"小宏呢,也不是什么跟踪狂,就是我的情人之一罢了。但不小心被他知道了我还有其他很多男人,结果他气疯了。这都是我的错,所以也没法怪其他人啊。"

"搞什么,你还有空顾影自怜?"千子听起来非常焦躁,打断了明明的自怨自艾。

"你的事情没人想听。你刚才说的不宰掉祭品自己就会被杀,是骗人的吧?"

"没有骗人。除了我的发小,还有好多人亲身经历过。"

"那么我也会被杀吗?开什么玩笑。要是早知道是这么回事,我就亲手把羊子杀了。"

"这么容易就能杀掉吗?"我不由得咕哝了一句。

千子听到这话,大吼了起来:"你别以为和自己无关,你也念了替罪羊的名字吧?"

我确实念了,但我无法想象自己杀死大路宪人。

"如果可以,我替你杀了那只羊吧?"

"什么?"

"交换杀人。如果羊子死了,首先被怀疑的就是我,所以你替我去杀比较方便。当然，作为交换，你要保证置羊子于死地。别想着像中间那个女人一样，既不想弄脏自己的手，又想占便宜，不然我会杀了你。"

"这话过分了啊。我也一直很痛苦的。那时候，我也和那个老太太一样，身上某个很重要的东西死掉了。"

"很重要的东西，是什么？你不是还悠然自得地活着吗？我也会杀了羊子，活下来。只要那个女人不在了，水岛和我就会像原来一样幸福美满。"

"他心里应该不会希望羊子去死，而是希望你去死吧。你再这么纠缠不清，不就变成跟踪狂了吗？"

"胡说八道，你又知道什么！那个王冠形状的戒指是水岛专门为我定做的订婚戒指，所以我一直戴在手上……"

"莫非，你被甩了以后还一直戴在左手无名指上？这也太吓人了哦。"

"酒店员工禁止佩戴婚戒以外的戒指，所以我在那个戒指上穿了一条链子，作为吊坠戴在身上。我本打算一直这样直到误会解开。偷了那个戒指的，肯定也是羊子。我必须杀了那个女人，把它拿回来。"

有件事让我颇为在意，可明明与千子相互责骂的声音不绝于耳，干扰了我的思考。

"你这人，被灌了药睡得稀里糊涂的，还能下手杀人？我觉得吧，羊子这女人，比你高明得不是一星半点儿。"

"我一定会杀了她！就算是为了水岛先生，我也一定要杀了那女人！"

"够了！"

我不想再听了，不禁大声喊道。

"喂,你们俩冷静一点儿吧,脑子都不正常了。你们年纪也不小了,就凭不认识的老太婆一番话,就信以为真去杀人,不觉得搞笑吗?"

"你在说什么?不杀人的话,就会被杀的。"

"不会被杀的。你刚才不是说了吗,这世上哪里有长着羊眼睛的女人啊?"

"有的哦。"旁边的明明叫道,"你不是也被追了?你看到一个一头长发的女人了吧?"

"那个大概是晴香。虽然她说不是,但她可能是在骗我。也许是大家一起合谋,想吓唬我。"

"不可能的!现实摆在眼前,我的玩伴被杀了呢!"

"她可能是自杀的吧,被对羊眼大人的恐惧感和杀人的负罪感给压垮了,一定是这样的。怎么可能有人被并不存在的羊眼女杀死?"

不光是明明,就连刚才对羊眼女一说嗤之以鼻的千子,都开始说起在六角形房间里感受到了某种诡异的气息,也听到了脚步声,所以肯定没错。

"话虽如此,但谁都没见过羊眼大人的真面目,对吧?进到那栋阴森森的小洋楼,那种畏惧的心情让人产生了羊眼女的幻觉罢了。"

我感到害怕时还无法理解,但听完两人忐忑不安的经验谈之后,终于意识到了。世上并没有羊眼女。每个人只不过是被自己心中造出来的幻影吓到,被耍得晕头转向。

"那么……你怎么解释现在这种情况?"

千子问道,晃了晃手铐,叮当作响。

"欸?嗯……这个嘛……"

我不知如何作答，将目光投向连接手铐和管道的银色链子。那一刻，我明白了刚才隐约间耿耿于怀的事情是什么。

"嘿，你刚才说是一个王冠形的戒指？你丢了的，是一个串在金链子上，像吊坠一样的东西……是不是？"

"什么？是啊，我把王冠形的钻戒穿在链子上……啊！在你那里吗？"

这怎么可能？这不可能。但是……

"千子，你的真名叫什么？"

"怎么？你为什么要问这个？"

"不会是九鬼千砂子吧？数字的九、魔鬼的鬼、一千的千和砂糖的砂。"

"你怎么知道我的名字？你在哪儿见过我吗？"

要说见过，确实有可能见过。

千子还想说些什么，但明明嘘了一声，赶紧拦住了她。在日光灯闪烁的嗞嗞声之间，传来了一些异响。

吱吱，咻。吱吱，咻。吱吱，咻。

一种仿佛有人拖着一条腿走路的声音，在黑暗中一点点靠近，令人不寒而栗。

我捂着嘴，丝毫不敢动弹，越来越近的脚步声在一个稍远的地方戛然而止。接下来，响起了砰的开门巨响，与此同时，我听到千砂子刺耳的惨叫声。

"不会……吧！不要啊，不要过来！"

远端隔间内传来的尖叫和反抗声让人全身发抖。我用颤抖的手拼命地按住手铐，以防发出声音。

一声"当"的巨响，好像有什么被切断了，接着爆发了一阵惨绝人寰的尖叫，让人想堵住耳朵。在一阵抽搐着的喊叫之后，千子的声音终于停止了。

随着某种拖拽重物的声音,脚步声慢慢远去。

那可怕的声音回响在我耳中,我有好一阵子无法发声,也动弹不得。

我努力控制住微微颤抖的下巴,好不容易才挤出一句话。

"耳、耳钉……"

"什、什、什、什、什么?喂,喂,刚才发生了什么?"

我恳求正崩溃哭泣的明明,让她从隔板下的缝隙扔给我一只耳钉。

"为、为、为什么?为什么要耳钉?"

"捅、捅钥匙孔,开……开手铐……"

"但、但是,耳钉太小了啊……啊!有这个……"

隔板下露出了一朵小白花。我在昏暗的光线中凝神细看,原来是一根装饰有小花的发夹。

"可、可以吗?你自己怎么办?"

"我有两根。"

我捡起它,试图将它插入钥匙孔,但手抖得厉害,怎么都插不进去。我吸了口气,集中注意力将发夹插了进去。当我用颤抖的手做完这一切时,隔壁传来了明明带着哭腔的声音。

"刚、刚才的,是羊、羊眼大人,对吧?我们呀,果然是羊眼女的祭品。她肯定马上就回来了。下一次就轮到我被带走了啊!"

"为什么?你的替罪羊不是由你的好朋友帮忙杀掉了吗?那不就等于你已经献过祭了?下一个应该轮到我才对!"

"前几天呢,有个不认识的女人给我打电话了,说我一定会断腿而死!"

明明说，那肯定是偷情对象的妻子或恋人，召唤了羊眼大人，把她作为替罪羊。

她用发抖的声音问道："刚才的声音到底是什么啊？那个人是不是被杀了……"

"说不定……她一开始就是死的。"

"啊？你说什么呢？我们不是还说了好多话吗？"

"我可能见过那个人。"

"在什么地方啊？"

"在羊眼女的洋楼里。"

"啊？"

"我之前发现的那具化为白骨的尸体，她的名字也是……九鬼千砂子。"

"不会吧！可那个人九年前就被杀死了吧？"

"她去世时二十四岁，名字和年龄都符合。这名字很罕见，而且……"

那具骷髅骨架里检测出的药物残留，与千子自述被关起来之前喝了茶晕倒的情节吻合。如果她确实如自己所说，是被那个叫羊子的后辈下了毒，那么死因也是一致的。

"还有，那个人说自己戒指丢了，对吧？"

我亲眼所见，那根缠在白骨手指上的金链——恐怕是被下毒后，挣扎着挠喉咙的时候脱落的——上面有一个闪闪发光的小王冠。原来那不是吊坠，而是一枚穿在链子上的王冠戒指。即便已经被恋人抛弃，她仍然将其带在身边，寸步不离。正是这枚戒指，让世人知道了这具白骨的名字：九鬼千砂子。

"你是说，我们刚才在和一个死了九年的人讲话？怎么可能有这种事……"

羊眼女自己并不动手,只是吞噬掉被宰杀的祭品的灵魂——这是明明自己说的。

这么说来,难道我也死了?在洋楼的楼梯上一脚踏空的时候?但是,我之后还去了学校,还和朋友们一起玩了。我不觉得那些全都是幻觉。

紧张的空气微微震颤,我不必用耳朵,仅凭皮肤就能感受到这一切。昏暗中气息骚动不安,令人胆战心惊,我握着发夹,全身僵硬。我心中祈祷这是幻听,但从远处传来的,毫无疑问,正是那诡异的脚步声。

它,又回来了。

拖着一条腿,一步,接着一步,缓慢,但坚定。

脚步声越来越近,发生了细微的变化。听起来它先是踩在泥土上,接着是坚硬的水泥地面。

它已经近在咫尺。它踩上了公厕的地板,慢慢凑近。

被恐惧驱使,我站起身,却无处可逃,只能蹲在远离隔间门的角落里,抱着头缩成一团。脚步声逐渐靠近,我几乎可以感觉到对方的呼吸。接着,它停住了。

刺耳的吱嘎声响起,让我全身紧绷。我害怕地通过手指缝向外看,可不知为何,隔间门仍是关着的。

一阵尖叫响彻四周,仿佛一只鸟被扼住了喉咙。是明明的声音。

一开始她低声哭喊着"不要过来",很快就变成了激烈的抵抗声。

明明敲打隔板,寻求帮助,尖叫震动隔间,似乎正在被某种看不见的力量压垮。

我束手无策,大气都不敢喘,肌肉紧绷,浑身颤抖,任凭明明绝望的尖叫声回荡在耳中。

"求你了,住手啊!羊眼大人,请放过我!"

当!一声沉闷的巨响打断了她的哀求,世界寂静了片刻。

"啊啊啊啊啊啊啊啊啊啊啊——"明明的惨叫响彻云霄,如同尖刀剜心一般,仿佛某种受伤野兽的咆哮,不忍卒听,莫非有什么东西切断了明明被铐住的脚?明明不停哭喊。我实在听不下去,堵住了耳朵。可即便如此,还是能听见惨叫声逐渐变弱……最后,传来了重物倒地的声音。

隔间门打开,明明被拽到公厕的地板上,越拖越远,只留下疯狂的喊叫。

薄薄的隔板另一面,一幕地狱惨剧正在上演。正因为看不见,所以反而格外鲜活可怕,让人心寒彻骨,肝胆俱裂。我就这么坐在马桶上,呆若木鸡,久久无法回神。我仿佛失去了所有感情,泪水也流干了。我刚才惊慌失措时,失手把发夹掉在地上,发夹翻了个面儿,但我已经没有力气捡起来了。我用余光发现,发夹上的小白花反面,好像写着什么。"すどうあきほ"。

平假名写成的文字非常稚拙,大概是明明年幼的女儿写的吧。但这朵白花的设计相当成熟,所以"すどうあきほ"肯定是明明自己的名字。

我看着她留下的发夹,还有上面稚嫩的笔触,心底涌起了"我不想死"的念头。

我勉强支撑身体,伸手捡起了小白花。但它从我颤抖的手里掉了下去,我再次拾起,小心地将其尖端塞进钥匙孔。我仔细调整着角度,反复尝试了一遍又一遍。正当有一点儿进展时,我听到远处有脚步声传来。

我堵住耳朵,把所有精力集中在挪动发夹上。可手铐似开而未开,可怕的脚步声正在一步步接近。

吱吱,咻。吱吱,咻。吱吱,咻。

我尽可能地远离隔间门,但这个狭小空间里根本无处可逃。

这一次,脚步声停在了这个隔间前。

向内打开的门发出吱嘎声,慢慢打开了。我看见门缝里露出长长黑发的末梢,顿时如堕冰窟。

马上就要看见可怕的羊眼了,我根本不敢看,却无法将视线从慢慢扩大的门缝移开。我紧紧抓住裙子下摆,按住了因绝望而抖个不停的身体。

终于,从微微敞开的门缝里,出现了一个居高临下的长发女人的脸。

那张脸上的眼球好像玻璃珠一般,瞳孔细长。不对。那是一张我熟悉的脸。

晴香?

晴香怎么可能出现在这里?我看着她的脸,大脑一片混乱。

是晴香杀死了隔壁的须藤,还有隔壁的隔壁的九鬼千砂子?

晴香抬脚踏进隔间,吓得我不由自主地大叫起来。

"喂,怎么了,麻里亚?是我啊,你没事吧?"

这确实是晴香的声音。她身上没被溅上血,手上也没有凶器。她脸上充满担忧的神色,看起来并不像杀人狂。

"晴香?真的是你吗?真的真的是晴香吗?救我。快把我弄出去!"

"嗯,嗯,我知道了。你等一下,马上……"

"我等不及了!在那个东西回来之前,赶快把我弄出去!"

"麻里亚,冷静一下。那个东西是什么?出什么事了?"

"有两个人……被杀了。"

晴香瞪圆了眼睛，叫了一声："啊？那，该不会是一个拿球棒的男人干的吧？"

拿球棒的男人？

"刚才我进公园的时候，有个年轻男人拿着球棒从桂花树丛里钻出来，着急忙慌的。我感觉有点儿不妙，因为球棒上还沾了些看起来像是血的东西。尚人说要过去看看，就跟上去了……"

公园，长椅，男人，后脑勺突然受到重击。

明明的话浮现在我脑海，我不由想象出了她戴着小白花发卡的脑袋从背后被球棒袭击的场景。难道她也已经死了？

"我还活着吗？"

"你在说什么啊，麻里亚？那个男的也伤害你了吗？"

"不是。不是男人。羊眼女……我、我被羊眼女……"

"啊，对不起。哎呀，你还没忘那事儿呢？是我们啦，是我们敲墙吓唬你的。这世上不存在羊眼女。"

"有的！给我戴上手铐的不就是羊眼女？"

"喂，你清醒点儿。这不可能啊。"

"那是谁干的？"

"是笃志。"

"欸？"

"我刚才接到笃志的电话，他说把喝醉的麻里亚拴到了公园的厕所里，我吓坏了，这才来救你的。笃志好像对你去援助交际的事情气得要命呢。"

原来这不是恶作剧，而是认真的惩罚。如果这一切是真的……

逐渐靠近的脚步声打断了我的思考，我的身体再次绷直。然而，出现在门口的是尚人。他从口袋里掏出一把钥匙，说是笃志给的,并将其插进了手铐的钥匙孔。晴香问:"那个拿球棒的家伙怎么样了?"

尚人耸了耸肩。"他跑进了后山,我就没有再追了。说真的,我觉得这事儿不妙,要是我也被打了那就糟糕了。麻里亚,你能站起来吗?"

"不是拿球棒的男的。因为,明明刚才叫的是'羊眼大人'啊。"

尚人一边解开我左脚上的手铐,一边看了一眼晴香,说:"这家伙在说什么?"

"你们去看看左边的洗手间啊。隔壁,还有再隔壁的隔间里,有两个女人被砍断了脚,还被带走了!"

晴香和尚人惊讶得面面相觑,然后像我说的那样去了左边。我本想追上消失的两人,打算站起来,可脚使不上劲,根本站不稳。我扶着墙才能摇摇晃晃地站起来,走出隔间,正与回过头的两人目光相遇。他们的眼里流露出惊惶的神色。

我不想看,但我必须看。

我鼓起勇气,向左边的隔间望去,发现那里有一张我自己的脸。

一面开裂的镜子映出我憔悴的面容,下方只有一个小小的洗手池,连着生了锈的管道。没有厕所隔间,没有被砍下来的断腿,也没有半点儿血痕。

羊之丘公园的公共女厕所里面,只有一个隔间。

我听见一阵熟悉的手机铃声,回过头,一脸忧色的尚人正把手机和包递给我。

"给,这是在笃志那边的,我给你拿回来了。"

我看见液晶屏上显示的名字,心脏扑通跳了一下。

大路宪人——我在交友网站上认识的男人,在小洋楼里被念了三次名字的替罪羊。

我以为他发生了什么事情,接通电话后询问,却被那头略带醉意的声音反问道:"我没发生什么事啊?什么意思?我没什么事,但我想,一会儿能不能见个面?"

"今天不行。"我冷淡地说。

"是吗?那明天呢?"

"明天也不行。"

我正打算挂断电话,这才初次注意到我右手握着的东西,情不自禁地叫了出来。

那是一枚有白色小花的发夹,背面用稚嫩的字体写着:"すどうあきほ"①。

这不是做梦,也不是幻觉。

羊眼女真实存在。

如果你不杀掉替罪羊,那你自己就会被……

千子与明明那惨绝人寰的尖叫还回荡在我耳朵深处,震荡着我的身心。

我对着即将挂断的手机咕哝了一句:"我马上就去。"

---

① "须藤明穗"的平假名拼写。

GOYOKUNA HITSUJI
Copyright © Kazune Miwa 2012
Chinese translation rights in simplified characters arranged with TOKYO SOGENSHA CO., LTD. through Japan UNI Agency, Inc., Tokyo
Simplified Chinese edition copyright: 2023 New Star Press Co., Ltd
All rights reserved.
著作版权合同登记号：01-2023-4807

图书在版编目（CIP）数据

贪婪之羊 /（日）美轮和音著；罗亚星译 . -- 北京：新星出版社，2023.11
ISBN 978-7-5133-5327-4

Ⅰ．①贪⋯ Ⅱ．①美⋯ ②罗⋯ Ⅲ．①短篇小说 - 小说集 - 日本 - 现代 Ⅳ．① I313.45

中国国家版本馆 CIP 数据核字 (2023) 第 179129 号

午夜文库
谢刚 主持

贪婪之羊

[日] 美轮和音 著；罗亚星 译

责任编辑	王 萌	特约编辑	郭澄澄
责任校对	刘 义	责任印制	李珊珊
装帧设计	王柿原		

出 版 人　马汝军
出版发行　新星出版社
　　　　　（北京市西城区车公庄大街丙 3 号楼 8001　100044）
网　　址　www.newstarpress.com
法律顾问　北京市岳成律师事务所
印　　刷　北京美图印务有限公司
开　　本　910mm×1230mm　1/32
印　　张　7.5
字　　数　117 千字
版　　次　2023 年 11 月第 1 版　2023 年 11 月第 1 次印刷
书　　号　ISBN 978-7-5133-5327-4
定　　价　48.00 元

版权专有，侵权必究。如有印装错误，请与出版社联系。
总机：010-88310888　　传真：010-65270449　　销售中心：010-88310811